Protagonisten in diesem Buch:
Lisa von Suttner (Photographin), Johnny Kramer (Kripo)

Lisas Umfeld:
Joshua – ihr Freund
Chilli & Peppermint – ihre Katzen
Daniel Dannemann – Joshuas Bruder
David, Jakob, Benjamin – Daniels Söhne
Mia – Lisas beste Freundin (neben Johnny)
Mia ist liiert mit Uwe Mönning (Kripo)

Kripo:
Johanna Kramer, genannt Johnny
Uwe Mönning – inzwischen wichtigster Kollege
Frederik Hunevald – neu im Team
Freese – PC-Spezialist im Team
Luke Henderson – KTU
Vitalij Hörschemeyer – Pathologe in OL

Ratsgymnasium OS:
Frau Kassmeyer, Lehrerin der Kl.10
viele Schüler*innen, u.a. Justin Vogts, Jenny Knister

IGS Bramsche:
Frau Becke, Lehrerin der 10e
viele Schüler*innen, u.a. Lean Schäfer, Max und Moritz
Fleischer, Jana von Bar

TINA SCHICK

Neues Osnabrücker Intelligenzblatt

Ein Krimi aus Osnabrück zum Justus Möser Jubiläum

Bibliografische Information der Deutschen Nationalbibliothek: Die Deutsche Nationalbibliothek verzeichnet diese Publikation in der Deutschen Nationalbibliografie; detaillierte bibliografische Daten sind im Internet über dnb.dnb.de abrufbar.

© 2020 Tina Schick
Herstellung und Verlag: BoD – Books on Demand, Norderstedt

Fotografie: Tina Schick, photo-schick.de
Layout: atelier-raddatz.de

ISBN: 978-3-7526-1166-3

Für Lisa und Johnny, die in diesem Fall...

...rummösern...

...abmösern...

...vermösern...

...zumösern...

...vormösern...

...aufmösern...

...entmösern...

...zermösern müssen,

wissen am Ende ziemlich viel über Möser

I Verhandlungsphantasien

Benjamin, Jakob und David saßen mit ihrem Vater Daniel auf unserem Sofa. Dieses Mal hatten sie die wichtigsten Dinge selbst mitgebracht: Cola, O–Saft, Bier und Prosecco. Auch an die Katjes hatten sie gedacht, bestes Bio–Katzenfutter. Sie wollten also etwas von mir.

»Justus Möser«, warf David in die Runde. »Vor 300 Jahren in Osnabrück geboren. Und wir müssen dazu ein Referat, Plakat oder sonst was entwickeln, als Studienarbeit. Das wird unsere Halbjahresnote.«

Ich sah ihn fragend an.

»Na, er will mit keiner 4 da raus«, vermittelte sein Bruder Jakob.

»Mit 'ner 1«, erklärte Benny.

Ich blickte immer noch fragend.

»Prosecco?«, fragte ihr Vater.

Ich nickte.

»Ich möchte etwas Außergewöhnliches abgeben, kein Abklatsch von Wikipedia oder 'n Plakat über seinen Lebenslauf oder 'ne Powerpoint wie zwanzig andere von uns. Verstehst du?«, stotterte David.

Ich nickte.

Neben mir saß Daniels Bruder, mein Zukünftiger und öffnete sich ein zweites Bier. Auch er lächelte nur.

»Lisa«, versuchte Daniel nun zu vermitteln, »David möchte… er fragt… er braucht deine Hilfe.«

»Was ist mit seinen Eltern?«, fragte ich scheinheilig.

»Mama ist mit unserer Schwester zur Mutter–Kind–

Kur und Papa… besorgt Cola und den Prosecco«, grinste David.

»Und die Pizzen«, fügte Joshua hinzu. Mein Freund wusste zu handeln.

II

»Ideen?«, fragte ich.

David schob sein sechstes Stück Pizza in den Mund.

»Ich dachte an ein Theaterstück in der Moderne. Ding Dong. Justus Möser öffnet die Tür. Ihm gegenüber steht ein Känguru. Er blinzelt, guckt hinter sich…«

»Kängurus in Europa 1750?«, fragte Benny.

»Cook hat sie erst 1771 nach England gebracht«, hatte Jakob schnell gegooglet.

»Känguru Chroniken? Dein Ernst?«, fragte Joshua.

»Auf der Not-to-do-Liste!«

Mein Freund und ich checkten up.

»Kann ja auch 'n Lama oder Einhorn sein«, überlegte Jakob.

»Nö«, entschied ich.

»Aber Möser könnte doch einem kommunistischen…«, versuchte es David noch mal.

»NEIN!«

Schweigen.

»Ich hätte noch eine Idee«, sagte Benny, der jüngste der drei Brüder. »Wie wäre eine Möser-Ampel. Fontane kriegt auch eine in seinem Geburtsort Neuruppin.«

»Und wo soll die hin? Vor den Dom statt Zebrastreifen?«, frotzelte Jakob.

Benny nippte beleidigt an seinem O-Saft. Ich fand die

Idee gar nicht dumm. Osnabrück bekäme eine Möser-Ampel mit einem Möser-Kopf, eine Stüve-Ampel mit einem Juristen darauf, eine Vordemberge-Gildewart-Ampel mit Linien und Parallelen, eine Nussbaum-Ampel mit David-Stern, ein Remarque-Ampel mit einem im Schützengraben liegenden Soldaten und eine Rasch-Ampel mit Tapete drauf.

»Vermutlich gäbe es erst einmal die Friedensreiter-Ampel auf der Bierstraße...«, lachte Joshua.

»Wir mösern ab«, versuchte Jakob wieder an Punkt Null zu beginnen.

III

»14. Dezember 1720, hier geboren.«
Wir standen auf dem Marktplatz gegenüber der Marienkirche. Nun war in Mösers Geburtshaus das Café am Markt. Im Zweiten Weltkrieg war der komplette Marktplatz zerbombt worden, alle Bürgerhäuser wurden in den 50ern wieder aufgebaut.
Ein Photo.

»Tante Lisa, keine Powerpoint«, bat David.

»Vertrau mir!«, antwortete ich zwinkernd, »aber wir müssen doch erst einmal auf seinen Spuren wandeln und dann entscheiden, ob es ein Multicache oder Film oder sonst was wird.«

»Multicache gibt es schon«, wusste Benny, »haben Schüler*innen der MINT-AG der Möser-Realschule schon 2013 erstellt.« Mit dieser Mitteilung machte er mit seinem Handy ein Photo und bearbeitete es gleich mit Horror-Hintergrund.

»Wollen wir uns vielleicht am Cache orientieren?«, fragte ich.

»Erst 'ne Pizza! Wo wir doch direkt bei der Trattoria von Lorenzo sind...«, empfahl Jakob.

»Bezahlt euer Vater!«, erinnerte ich.

»Yipp. Und du kannst auch ruhig 'n Wein trinken«, meinte Benny, »ich hab irgendwo hier gelesen, dass Möser auch gerne Wein trank. Aber im heutigen Walhalla, was damals Weinhaus Jäger hieß. Da recherchieren wir dann morgen!«

»Wir könnten deinen Weinkonsum mit dem von Möser vergleichen«, überlegte Jakob.

»Wir können auch zu den Erziehungsmaßnahmen von 1720 übergehen!«, zwinkerte ich.

Damit war das Thema vom Tisch. Aber ich zog in Erwägung, mit meiner Freundin Mia diesen Vergleich auf Daniels Kosten durchzuführen.

IV

Während alle auf die Pizzen warteten, holte Benny aus seinem Rucksack ein zerknülltes Blatt Papier und faltete es auseinander. Es war fast so groß wie der Tisch.

»Oldschool für Tante Lisa«, kommentierte er.

Oben drüber schrieb er: »Justus Möser, geb. 14.12.1720 in OS.

darunter stand: Jurist, Staatsmann (?), Literat ;-) und Historiker«

In die linke Ecke zog er noch einen Strich zu »Johann Zacharias Möser (1690–1768), Vater, Rechtsgelehrter und Jurist + Regina Gertrud Elverfeld (1695–1758; reich)«

Vom Vater zog er einen weiteren Strich

»Johann Möser (1663–1699), seit 1688 Prediger in OS (St. Marien) +?, Opa+ Oma«

und neben Justus Möser nahm er dessen Bruder Johann Zacharias (1726–1767) auf.

Jakob, der auch sein Handy griffbereit hielt, zog noch einen weiteren Strich von Johann Möser zu Zacharias Möser (1601–1682, Schulrektor und Uropa)

»Möchte noch jemand die Vorfahren ergänzen?«, fragte ich, »dann drehen wir das Blatt um!«

Benny notierte neben Justus Möser noch acht Geschwister, die aber alle vor ihm verstorben waren.

»Soll ich alle Namen aufführen?«, fragte er, »angefangen von 1718 Catharina Lucia, die Johann Casper Franz von Gülich geheiratet hat. Dann 1723 Margarete Catharine Elisabeth,…«

»Bei den langen Namen brauchen wir ein Extrablatt«, lachte ich.

»Idel Ludwig und Johann Zacharias, Ernestina Juliana, Catharina Gertrude, Anna Maria Elisabeth und Johann Christian Friedrich«, setzte Benny nach, »und bis auf Ernestina alle im Winter geboren.«

»Ich weiß, was du im Frühjahr gemacht hast«, grölte David.

»Tante Lisa!«, begann Jakob wieder zaghaft.

»Ich bin nicht eure Tante!«, sagte ich gereizt.

»Was können wir denn dafür, dass Papas Bruder nicht in‘ Quark kommt. Wir haben dich in unsere Familie aufgenommen, liebes Tantchen«, säuselte Benny.

Okay, er hatte gewonnen.

»Was wisst ihr noch zu Möser?«, fragte ich.

»Der war 20, als er das Ratsgymnasium verließ. Rein mathematisch muss er 'ne Runde gedreht haben – oder später eingeschult – oder 14 Jahre bis zum Abi.«

»Völliger Blödsinn – Dezemberkind, später eingeschult«, kombinierte Jakob.

»Und mit »Carmen heroicum« abgeschlossen«, ergänzte Benny.

»Hat er wegen der länger gebraucht? Sich in ne Carmen verguckt, zack Abi nicht geschafft«, grölte David wieder.

»Ich recherchier das«, notierte sich Benny, »dann nach Jena zum Studium, 1742 rüber nach Göttingen…«

»Wir fahren aber nicht überall hin!«, überlegte ich.

»Spannender ist wohl«, sprach Jakob weiter, »Sekretär der Osnabrücker Ritterschaft und '44 Amtsantritt.«

»Ritterschaft?«, fragte ich, »so richtige Ritter?«

»Wenn ich das jetzt richtig google«, kommentierte David, »dann gibt es auch heute noch die Ritterschaft, die 17 Sitze – wo auch immer – hat, die Städte Osnabrück, Fürstenau, Quakenbrück, Melle und Bramsche mit 15 Vertretern und die freien Eigentümer mit vier Sitzen. Zusammen bilden sie drei Kurien – klingt wie Landschaftsverband. Ich weiß es nicht.«

»Ermitteln!«

»Jawohl, Frau Hauptoberüberkommissarin von Suttner!«, konterte mein Neffe.

Ritterschaft im 21. Jahrhundert? Das überstieg nun auch meine Vorstellungen. Ritter waren etwas aus dem Mittelalter. Cool in ihren Rüstungen. Männlich aufeinander zu gepresscht während der Turniere. ‚Ritter aus Leidenschaft‘ schafft in mir nicht nur Leiden sondern auch Liebe, natürlich auch für den Hauptdarsteller. Auch für London im Mittelalter und diese besonderen Tänze, die nicht mittelalterlich sind, sondern wundervoll.

»Lisa?«, holte mich Lorenzo zurück, als er die Pizzen servierte.

»Kennst du Ritter aus Leidenschaft?«, fragte ich.

»Kennst Du Pizzabäcker und Moto–Fahrer aus Leidenschaft?«, fragte er.

»Yipp. DU«, antworteten meine drei Neffen.

Während ich meine Pizza samt Wein genoss, dachte ich weiter über moderne Ritter nach. Adelige Familien gab es durchaus noch um Osnabrück: Alt Barenau, Gut Bruche in Melle, Schloss Gesmold, Schelenburg,… Wir würden alles recherchieren müssen. Und in etlichen Gutshäusern waren heute Cafés und Restaurants untergebracht.

Allmählich gefiel mir mein Familienauftrag immer mehr.

V

Wir standen wieder vor dem Geburtshaus Mösers.

Plötzlich verstellte Benny seine Stimme und sprach in sein Handy: »Neues aus dem Intelligenzblatt vom 14. Dezember 1720. Ich befinde mich in aller Frühe vor dem Haus von Johann Zacharias Möser. Sein angetrautes Weib Regina Gertrud, eine geborene Elverfeld und Bürgermeistertochter, schreit seit Stunden die Straße zusammen. Sowohl die gerufene Amme als auch die benachbarten Bürgerinnen eilten bereits mit frischen Tüchern in das Möserische Haus. Möser selbst musste aus dem Brunnen vor dem Rathaus Wasser schöpfen, das zur Entbindung abgekocht werden musste. Seitdem patrouilliert er vor dem Haus wie ein hospitalistischer Löwe im Zoo.«

Damit wendete sich Benny zu Jakob.

»Herr Möser, wie fühlen Sie sich?«

»Mein zweites Kind, mein hoffentlich erster Sohn«, flüsterte der erschöpft in das Handy, »ich bin völlig fertig. Diese Warterei. Und ob es ein Sohn wird…«

»Ist es denn nicht wichtiger, dass das Kind gesund ist?«

»Doch durchaus, aber ein Sohn führt den Namen weiter. Ein guter deutscher Knab'.«

»Vielen Dank, Herr Möser! Ich sehe gerade, ein Fenster wird geöffnet. Das Dienstmädchen winkt den Juristukraten hinein. Wir gratulieren zu seinem ersten Sohn Justus. In sechs Jahren folgen die Zwillingsbrüder, in siebzehn Jahren noch ein Bub. Dazwischen nur Mädels.«

»Woher weißt du das denn schon wieder?«

»Ich war mit der TARDIS unterwegs.«

»Ach, das Dixi-Klo aus Dr. Who?«, fragte ich.

Die Antwort waren nur vernichtende Blicke.

VI

Bevor nun alles Querbeet ging, entschieden wir uns für den Cache. Die erste Station brachte uns zur Hauptschule Innenstadt, in der lange die Möser Realschule untergebracht war.

»Damals, als ich noch am Rats war, wurden wir outressort, weil wir zu wenig Räume hatten. Russische Geschichte hatte ich hier«, erinnerte ich mich.

»Möser war übrigens auch am Rats«, erinnerte Jakob.

Dort ein Photo für die Biografie zu schießen, hoben wir uns für einen anderen Tag auf.

»Möser lebte hier in der Hakenstraße 10 die letzten 19

15

Jahre seines Lebens, von 1775–1794«, las Benjamin vor.

Ich stand vor dem Schaukasten, in dem veranschaulicht wurde, wie das Wohnhaus vor 250 Jahren ausgesehen haben soll.

Aber klar wurde mir dabei nicht, in welchem Teil des Häuserblocks Möser gelebt hatte. Er konnte ja kaum drei Häuser bewohnt haben. Vielleicht war in einem Haus aber auch seine Kanzlei.

»In der Biographie steht übrigens, dass er Hakenstr. 11 wohnte«, recherchierte Benny. Das erklärte für mich die verschiedenen Häuser an diesem Ort. Er war so groß(artig), dass er zwei Häuser hatte.

»Wir müssen die Buchstaben dechiffrieren und erhalten dann die Koordinaten für die nächste Station«, erklärte Benny.

Jakob diktierte nun und Benny rechnete zusammen. Dann gab er die Koordinaten in sein Handy.

»Das sind knapp zwei Kilometer von hier«, meinte Benny. Er murrte schon. Auch David und Jakob hatten keine Lust auf einen so langen Fußmarsch.

»Das fahren wir demnächst mit dem Rad ab«, entschied David, »Station 3 weiß ich, das ist das Denkmal von Möser auf dem Domplatz.«

Also ließen wir die zweite Station weg und liefen zurück zum Dom. Mitten auf der Großen Domsfreiheit ragte das Denkmal von Möser.

»Der wirkt nur so groß, weil er auf dem Sockel steht«, kommentierte Benny.

»Lebensgroß ist die Figur trotzdem«, konterte Jakob.

»Und wiegt 20 Zentner und kostete 5000 Taler«, mäkelte Benny weiter, »in Erz gegossen, super.

16

Vielleicht kannst du auch was über Verschwendung in deinem Referat schreiben.«

»Und wer war dieser Friedrich Drake?«, wollte Jakob wissen.

Benjamin wollte sofort wieder glänzen und hatte Mr. Wikipedia befragt: »1805 in Minden geboren, Bildhauer. Sein erster Großauftrag war die colossale Statue Mösers. Mit dem Honorar konnte er eine künstlerische Italien–Reise unternehmen und blablabla.«

Ich betrachtete die Gestik des Juristen genauer. In der einen Hand hielt Möser eine Urkunde und einige Bücher. Die andere Hand war offen. In seinem Doktormantel wirkte er sehr gebildet.

»Vielleicht könntest du dir ja ausdenken, welche geheimnisvollen Bücher Möser in der Hand trägt?«, überlegte ich, »sowas wie ‚Erotische Stunden im Notariat‘.«

»Dafür war der viel zu spießig. Da wäre es eher ein Buch wie ‚Wie verklage ich meinen Nachbarn, der seine Magd geschwängert hat?‘ oder…«, überlegte Jakob.

»Zu langweilig«, beharrte David.

»Du könntest aber die Statue photographieren und nach Warhol bearbeiten«, schlug Benny vor.

David grübelte kurz und nahm mir die Kamera aus der Hand. Zumindest eine Option.

»Weiter«, entschied er dann.

Wir mussten nur noch schnell die Kugeln und Pfeiler, die um das Denkmal standen, zählen, um dann als nächstes wieder zu seinem Geburtshaus zu laufen.

Vor dem Bischöflichen Generalvikariat drehte sich David einmal um: »Wie der größte Osnabrücker sieht er auf diesem Parkplatz echt nicht aus, eher wie der vergessendste.«

Das Geburtshaus kannten wir schon, auch die Gedenktafel an der Seite des Hauses.

Jakob verwies noch kurz auf die Trattoria, in der wir vielleicht noch eine Pizza zu uns nehmen könnten oder zumindest ein Eis. Doch war bei uns irgendwie die Möser–Luft raus.

Die Grabplatte in St. Marien nahmen wir noch schnell mit, ein kurzes Photo, dann erst einmal nach Hause. In mein Zuhause, in dem die Jungs sich schon quer einquartiert hatten, zumindest lagen die Schuhe so im Hausflur.

VII

Daniel hatte uns in seiner väterlichen Güte Mösers »Patriotische Phantasien« von 1909 im Antiquariat besorgt, eine kleine Sammlung von Weisheiten und Erzählungen. Ich hatte gehofft, zwischendurch mal wieder einen Tag mit meiner besten Freundin Mia verbringen zu können. Doch das sah mit diesem Büchlein anders aus. David bemühte sich zwar, es zu entziffern, doch da es in Fraktur gedruckt war, übernahm ich die Vorlesestunde. Mia fletzte sich in einen Sessel, nachdem sie Chips an alle und prickelnde Getränke an uns beide verteilt hatte.

Wir begannen einfach mittendrin mit der zweiten Erzählung »Die gute selige Frau«. Einem Witwer mit vier Töchtern wird nahegelegt, sich wieder zu vermählen. Eine Anwärterin verfügt über sehr viel Verstand und ein zärtliches Herz. Sie spricht französisch, englisch, italienisch, spielt, tanzt und singt und ist die artigste Person von Welt. Als ich vorlas, dass sie »eine schöne Lektüre« hatte, schmunzelten alle.

»Was soll das denn sein?«, fragte David.

»Such's dir selbst aus, Pupsitier«, lachte Mia, »entweder ist sie belesen oder sie ist voller lektürischer Adjektive. Lies weiter, Lisa, nimmt er sie?«

David hatte viele Fragezeichen im Gesicht, was Mia wohl damit meinen könnte, schwieg aber lieber. Diskussionen mit Mia führten ins Unermessliche.

Nach den nächsten vier Seiten war klar, dass dieser Mann niemals eine zweite Frau finden könnte, so wie er die erste bewunderte.

Kaum hatte ich diese Beschreibungen beendet, sprang Benny in den Flur und kam mit zwei großen Tüchern von mir wieder. Eines schwang er seinem Bruder um die Hüften, das zweite legte er ihm als Kopftuch um. Dann platzierte er David wie eine Statue auf einem Stuhl, drückte ihm noch ein Handtuch und eine Schale in die Hand. In der Schale fand David einen letzten Chips und wollte ihn gerade in den Mund stecken, als er von Benny eins auf die Finger bekam.

»Das hätte seine verstorbene Frau niemals getan. Hast du denn nicht zugehört? Sie hätte es in kleinste Stückchen zerbrochen und zuerst an ihren Mann, ihre Kinder, ihr Gesinde, den Pastor, die Dorfgemeinschaft und zuletzt den Geschmacksverstärker des Currys an sich verteilt.«

Benny hatte so theatralisch gespielt, dass nun auch Jakob aufwachte.

»Ich such 'ne Frau
'ne christliche, genau.
Sie muss mir mein Essen pünktlich servieren
auch sonst muss sie parieren
Um 5 aufstehen

in die Küche gehen
Gesinde an die Arbeit bringen
nix mit den Kindern ringen
im Winter das Garn selbst spinnen
keine Zeit lassen verrinnen
Mein Tisch stets gedeckt
– mir fällt nix ein – außer unbefleckt
Käse, Butter, Äpfel, Pflaumen
alles für den feinen Gaumen
alles selbst gemacht…«

David hatte kapiert und stieg mit ein:
    »Du hast nicht an die Birn gedacht.
Frisch oder trocken, selbst eingemacht
immer an Gäste mitgedacht.
Nie mit dem Zucker verschwenderisch,
alles in Maßen auf den Gabentisch.«
    »Den Bitter machte sie selbst für den Magen…«
    »Scheiße, da war der Apotheker aber sauer!«
    »Das reimt sich nicht mehr!«, platzte Benny dazwischen, »bis jetzt wart ihr wirklich gut!«
    »Den Holundersaft kochte sie selbst,
Mist, noch mal.
Den Holundersaft selbst sie kochte,
es gab kein besseres Krauseminzenwasser ich mochte.
Der Apotheker bekam keinen Groschen,…«
    »außer für den Kräutertee!«, beendete Benny.
    »Nie gab es großes Feuer
in dem alten Gemäuer
Der Tran musste reichen für viele Stunden,
die Kerzen zog sie viele Runden.

Das Bier wurde im Hause gebraut,
das Malz selbst gemacht und Hopfen als Kraut.
Der Schlüssel zum Keller kam nie aus ihrer Tasche…«

»Da hätte ich den Alten vermutlich hingebracht«, kommentierte Mia.

»Die kannten noch gar keinen Prosecco«, fiel mir auf, »ich wäre gestorben.«

»Gutes Stichwort, Tante Lisa! Die Frau hat sich ja auch noch um die Kühe, die Milch, das Stopfen von Klamotten, Nähen, Bestellen der Felder, Garn spinnen und so weiter gekümmert. Dass die mit 40 das Zeitliche segnete, nach sechszehn Jahren Ehe, ist doch kein Wunder«, fasste David realistisch zusammen.

»Aber sie war eine gute christliche Frau«, erhob Mia ihr Glas.

»Und es gab im Sommer keine warme Suppe, das war eine lächerliche Erfindung der Franzosen. Überhaupt konnte man das Geschirr mit kaltem Essen auch kalt abwaschen«, lobte Daniel und hob ein kaltes Bier, »könnt ihr auch kalt auswaschen.«

VIII
angemösert

Nun hatte David immerhin einen fluffigen Rap über die selige Frau vor 250 Jahren, der bestimmt etwas Außergewöhnliches war. Doch inzwischen hatte es uns gepackt, die Pizza-Rechnungen stiegen für Daniel und unsere Lust auf urzeitliche Gesinnung auch.
Während die Jungs vormittags in der Schule saßen und irgendeinen Kram, der sie gerade nicht interessierte,

abarbeiten mussten, saß ich vor dem Rechner und recherchierte. Seit gut 30 Jahren gibt es eine Justus–Möser–Gesellschaft, die der Öffentlichkeit das Leben und besonders die Werke dieses großen Osnabrückers zugänglich machen will. Schon 1988 mischte da auch die Uni Osnabrück mit. Es gibt darüber hinaus sogar die Möser–Medaille für Menschen, die sich für Osnabrück und Umland eingesetzt haben.

Das hatte Benny aber bereits alles in seinem Handy notiert und echauffierte sich beim Mittagessen darüber, dass diese Medaille das erste Mal 1944 verliehen wurde.

»Die Nazis fanden den wohl auch toll«, kommentierte er.

»Dafür kann er ja nix, wenn sein Name missbraucht wird«, versuchte ich einzulenken.

»Und guck dir mal die Preisträger an: Franz Hecker, Vordemberge–Gildewart, Remarque, Calmeyer und sogar Bischof Bode«, erhitzte sich David, »die haben gar nicht geguckt, wer die Auszeichnung ins Leben gerufen hat.«

»1979 auch terre des hommes, also wirklich Menschen oder Institutionen, die sich für Osnabrück eingesetzt haben«, beruhigte ich.

Doch meine Neffen grummelten. Das Thema war noch nicht durch.

Es klopfte hinten an der Küchentür.

Meine Freundin Hauptoberkommissarin Johnny Kramer. Sie sah müde aus, zu viele Überstunden in den letzten Wochen.

»Hier riecht es gut«, sagte sie. »Du hast doch nicht etwa gekocht?«

Eigentlich kochte ich nie, das war Joshuas Job. Und keiner wollte, dass ich kochte. Besser bestellte man sich etwas vom Italiener. Doch hatte ich mir spontan eine umsonste Kochzeitschrift vom REWE mitgenommen und probierte die Rezepte der Reihe nach aus.

»Es schmeckt sogar«, kommentierte Jakob schmatzend.

»Ah, die Mischpoke ist da«, grüßte sie David, Jakob und Benny, »habt ihr kein eigenes Zuhause? Oder seid ihr Versuchskaninchen?«

»Versuchsneffen!«, erklärte ich, »was führt dich zu uns?«

Johnny hatte sich bereits einen Teller aus dem Schrank geholt und füllte ihn mit veganem Linsen-Curry. Dann ließ sie sich auf einen Stuhl fallen und blickte durch die geöffnete Küchentür Richtung Wohnzimmer, in dem wir unser Möser-Büro eingerichtet hatten. Sie stellte den Teller vorsichtig auf dem Tisch ab und ging ins Wohnzimmer. Schweigend betrachtete sie die Bilder und Texte. Dann kam sie immer noch wortlos zurück.

»Alles in Ordnung?«, fragte ich.

»Nee. Das Möser-Denkmal auf dem Domplatz neben dem Dom ist beschmiert. Steht fett ‚Nazi‘ drauf«, erklärte sie.

David fiel der Löffel aus der Hand: »Scheiße.«

Johnny sah ihn herausfordernd an: »Und?«

Davids Gesichtsfarbe glich nun eher einem Linsen-Chilli.

»Ich warte!«

Er verschluckte sich und hustete so heftig, dass die Farbe in Sepia überging. Benny reichte ihm schnell sein Wasserglas. Kramer ließ sich durch dieses Krankheitsbild nicht ablenken.

»Ich warte immer noch!«

»Wir müssen in der Schule eine Facharbeit zu Justus Möser schreiben oder entwerfen. Entwerfen passt besser, wir haben da viele Freiheiten, also wir haben schon einen Rap und einen Report zur Geburt des kleinen Justus. In meiner Klasse gibt es viele Ideen. Aber ehrlich, Frau Polizistin, ich verpfeife niemanden!«, erklärte David.

»Das hast du gerade, ohne einen Namen zu nennen. Ich danke dir.«

»Halt mal, Stopp. Kann ich denn nicht vielleicht erst mit meiner Klasse reden?«, bat David.

»Okay«, lenkte die Kommissarin schnell ein, »du hast genau 24 Stunden Zeit. Was kochst du morgen?« Erwartungsvoll sah Johnny mich an.

IX

David hatte noch am Nachmittag über SMSen und What's app versucht, mit seinem Mitschüler Kontakt aufzunehmen. Er hatte einen Verdacht, wer der Schmierfink war. Doch der reagierte nicht.

Als der am folgenden Tag auch nicht in der Schule erschien, sprach David mutig seine Lehrerin an und erklärte seine Sorge. Eigentlich fand er die Möser–Aktion ja gut und wollte Justin gerne beschützen und warnen. Aber sein Bauchgefühl war flau.

Frau Kassmeyer hörte geduldig zu, was sich ihre Schüler bereits alles zum Thema ‚Möser' ausgedacht hatten und war kurz entsetzt, dass Justin das Denkmal besprühen wollte. Dennoch blieb sie besonnen, holte ihre Klassenliste heraus und wählte die Nummer von Justin Vogts. Dessen Mutter meldete sich. Sie hatte Justin in der Schule vermutet. Er war seit gestern nicht mehr daheim gewesen. David schwankte noch einen kurzen Moment in seiner Entscheidung, rief dann aber Hauptkommissarin Kramer an und nannte ihr Justins Namen. Frau Kassmeyer gab dann noch die Adresse ihres Schülers an die Polizei weiter.

X

Plötzlich hatte sich sein Leben komplett geändert.
Er hatte etwas gesehen, was er besser nicht gesehen hätte. Und dabei war er beobachtet worden. Eigentlich hatte er doch beobachtet.
Er hatte sich versteckt hinter der Mauer des Hexengangs. Doch von dort konnte er zu wenig sehen. Er war gebückt gelaufen, hatte das Sträßchen der Großen Domfreiheit überquert und hinter einem parkenden Auto Schutz gesucht. Er hatte einen Jungen beobachtet. Der hatte das gemacht, was er doch eigentlich wollte. Er wollte endlich einmal ein Jemand sein, nicht immer ein Nichts. Und nun war ihm wieder einer zuvor gekommen. Er spürte zwar den Schatten hinter sich, maß ihm aber keiner Bedeutung zu. Er war fixiert auf das Vor ihm.
Im Nachhinein war das dumm. Das wusste er nun. Die ganze Aktion war dumm. Er hatte doch gerade alles erreicht. Warum dann noch diese schwachsinnige Idee? Wem wollte er was beweisen?
Er blickte immer noch auf den Jungen vor ihm, der ihn aber nicht sehen konnte. Was machte er da bloß? Sollte er aufstehen und sagen: Verpiss dich, das war meine Idee?

Doch er blieb hocken, verdeckt hinter dem Auto.

Der Schatten war inzwischen aufgetaucht. Es schien gar nicht sein Schatten zu sein, sondern der des Jungen. Der Schatten schrie ihm etwas zu, schrie ihn an. Verstehen konnte er nichts. Das Auto dämmte die Worte. Er hätte sich zum nächsten Auto vorrobben können. Doch irgendetwas schien ihn in dieser Position zu versteinern.

Der Schatten schlug zu. Doch der Junge giftete ihn an und schlug zurück. Der Schatten taumelte. Der Junge lief weg. Der Schatten berappelte sich und folgte.

Beide verschwanden durch den kleinen Patt der »Großen Domsfreiheit«, der zur Hasestraße führte. Er nahm seinen Mut zusammen und klemmte sich an die beiden Personen. Ein kurzer Blick ließ ihn auf das Möser–Denkmal schauen. Mist, das war doch seine Idee gewesen. Er hatte sich nur nicht getraut. Nun war ihm jemand zuvor gekommen. Aber vielleicht war das auch gut so. Er war ein Schisser. Große Klappe. Aber letztendlich traute er sich nicht.

Die Sprühflasche in der Jackentasche. Rot, damit es auffiel. Doch keinen Spritzer versprüht.

Der Patt war dunkel, keiner würde ihn sehen.

Die Hasestraße hingegen war hell beleuchtet. Doch er sah die beiden zu Verfolgenden nicht. Waren sie in die andere Richtung entschwunden? Zurück zum Dom? Dort in der Einfahrt bewegte sich etwas. Er ging langsam. Angst, immer mehr Angst zog in ihm hoch. Er blickte in die Einfahrt. Dort an der Wand war ein Gemälde der Steckenpferdreiter, der Friedensreiter. Und auf dem Boden lag ein Mensch. Es sah nicht nach Frieden aus. Es sah nach Tod aus.

Zwei Augen blickten ihn direkt an. Er zückte sein Handy. Er wollte die Polizei benachrichtigen. Doch die Augen kamen näher. Er ließ das Handy fallen und lief…

XI

Wenig später klingelten Hauptkommissarin Johnny Kramer und ihr Kollege Uwe Mönning bei der Familie Vogts. Frau Vogts öffnete und bat die Polizisten hinein. Sie hatte inzwischen alle möglichen Freunde ihres Sohnes abtelephoniert, aber keiner wusste etwas.

»Justin hat sich vor kurzem in eine Mitschülerin verliebt«, erklärte sie, »Jenny heißt sie. Er hat so geschwärmt, als es neulich im Kino… na Sie wissen schon. Ich dachte, er würde bei ihr übernachten. Ich sehe das nicht so eng. Obwohl ich es natürlich schön finden würde, wenn er Bescheid geben würde. Aber Justin ist da schon immer ein Eigenkrämer. Dass er mal eine Nacht woanders schläft, ist nicht außergewöhnlich. Ich hab mir keine Sorgen gemacht. Das kam erst, als Frau Kassmeyer aus der Schule anrief. Und dann erzählte David noch etwas von einer Schmiererei, das hab ich aber nicht verstanden.«

»Verliebt? Wie wundervoll. Dann löst sich bestimmt gleich alles auf, liebe Frau Vogts«, es war Mönning, der gleich wieder sein Gesäusel aufsetzte, obwohl es hier weder nach Zitronenkuchen noch Wursteplatte roch. Sie waren immerhin mitten in Osnabrück–City. »Wissen Sie zufällig den Nachnamen von Jenny?«
Doch Frau Vogts schüttelte den Kopf.
Sofort holte sich Kramer den Namen inklusive Adresse von David ein. Von Frau Vogts bekamen die Kommissare

noch ein Photo ihres Sohnes, schickten es an Freese, der umgehend eine Vermisstenanzeige aufnahm.

Kramer und Mönning fuhren auf direktem Wege zu Jenny Kistner. Sie mussten mehrere Male klingeln, bis ein junges Mädchen die Tür öffnete.

»Jenny Kistner?«, fragte Kramer und zeigte ihren Dienstausweis, »wir hätten ein paar Fragen zu Justin Vogts. Dürfen wir hereinkommen? Sind Ihre Eltern da?« Jenny öffnete die Tür und bat die Polizisten ins Wohnzimmer.

»Mama wurschtelt im Garten. Soll ich sie rufen?«, fragte die junge Frau.

Kramer nickte. Jenny war noch nicht volljährig und daher wäre ein Erziehungsberechtigter an ihrer Seite rechtlich gesehen...

Die Mutter streifte sich die Gartenhandschuhe ab und stellte die Gummistiefel vor die Tür.

»Kistner«, stellte sie sich vor.

Kramer zeigte erneut ihren Dienstausweis. Mönning hingegen roch den Kaffeegeruch aus der Küche.

»Mögen Sie einen?«, fragte Frau Kistner.

»Oh, sehr gerne«, antwortete Mönning und begleitete die Mutter in die Küche.

»Wir sind auf der Suche nach Justin Vogts«, begann er das Gespräch, »ein Klassenkamerad Ihrer Tochter.«

»Klassenkamerad?«, lachte Frau Kistner, »Jenny ist so verknallt. Ich hab ihn nur kurz kennen gelernt, sehr sympathisch.«

Währenddessen hatte Kramer bereits herausgefunden, dass Jenny und Justin vor gut einer Woche gemeinsam im Kino und nun ein Paar waren. Jenny hatte schon länger ein Auge auf Justin geworfen. Er war so anders, spannend. Die letzte Nacht hatte Justin nicht bei ihr verbracht. Soweit seien sie noch nicht. Ein Paar ja. Aber für Sex sei noch etwas Zeit. Das beruhigte besonders die Sorgen der Mutter. Kramer war sich daher nicht sicher, für wen die Antwort sachlich korrekt sein sollte. Aber immerhin stand fest, dass Justin die letzte Nacht nicht bei Jenny verbracht hatte und sie auch nicht wusste, wo er derzeit steckte. Sie war heute nicht zur Schule gegangen, weil sie mit ihrer Menstruation kämpfte.

Während Jenny ihren neuen Lover genauer in wundervoller Blumensprache pries, goss Frau Kistner die zweite Tasse Kaffee ein. Mönning sah sie wohl ein wenig zu leidvoll an, denn kurz darauf kam sie mit selbstgebackenen Plätzchen aus der Küche. Mönning strahlte sie an.

»Sie sind ein Leckerschmecker?«, grinste Frau Kistner ihn an.

»Ertappt«, gab er zu.

XII

Er dachte nach. Erst wollte er bei Shock records fragen, ob jemand die Polizei rufen könnte, doch es hatte bereits geschlossen. Er hatte gar nicht bemerkt, wie dunkel es geworden war.

Er blickte zurück auf die Hasestraße. Der Schatten. Er hatte sein Handy gefunden. Damit war seine Identität sofort klar. Sollte er nach Hause laufen? Zur Polizei? Wer würde ihm glauben, dass er nicht der Sprayer war? Die Dosen mussten ja nur ausgetauscht werden, die Fingerabdrücke abgewischt. Und schon saß er in der Scheiße.

Wohin?

Der Schatten kam näher. Er versteckte sich im undurchdringlichen Schatten der Mühlenstraße. Er hörte die Schritte. Sie kamen immer näher. Sie standen vor ihm. Eine Taschenlampe blitzte auf. Er war im Licht. Doch seine rechte Hand schnellte vor, stieß gegen die Taschenlampe. Die schwenkte um, zeigte in das Gesicht des Schatten. Der Schatten bekam ein Gesicht. Ein Gesicht, ein Gesicht mit blauen Augen, einer kleinen Nase und einem lächelnden Mund, umringt von blonden Locken. Ein Mörder-Gesicht. Er schlug die Taschenlampe gen Boden und lief. Hinter ihm waren keine Schritte zu hören. Trotzdem lief er bis zum Gertrudenberg und ließ sich dort schweißgebadet auf einer Bank nieder.

XIII

Aus unserer ‚Möser–Gedenktafel' war eine Justin-Vermisstenstelle geworden.

David saß tief betroffen auf dem Sofa und verschmähte sogar das Popcorn, das Benny in der Küche hatte explodieren lassen. Auch Jenny hatte gefragt, ob sie mit in unser Team dürfe. Sie würde ihre Pizza auch selbst zahlen.

Jakob fiel auf, wie intensiv David Jenny beobachtete. Er erwog den Gedanken, dass es hier nicht nur um Justins Glück ging, sondern sein Bruder selbst in das Mädchen verschossen sei. Bei längerer Studie des weiblichen Objektes klärte er, dass das völlig okay sei und auch er eher mehr als nur angetan wäre. Jenny war einfach ein… Geschoss.

»Möser!«, flüsterte Benny ihm ins Ohr, »Du machst

dich verdächtig. Sie ist süß!«

Jakob wurde tief rot.

Es klopfte jemand ans Küchenfenster tock – tock tock – tock.

Kurz darauf war ein tock tock tock tock zu hören.

Jenny blickte erstaunt.

»Kramer bringt ihren Kollegen mit«, klärten die Jungen auf.

Jenny nickte, verstand aber nichts.

Kurz darauf erschienen Kramer und Mönning im Wohnzimmer. Er schnüffelte.

»Wir kommen zu spät zur Pizza, oder?«

»Tante Lisa hat bestimmt noch 'ne Tiefkühlpizza im Gefrierfach«, versuchte David sich hervorzutun.

»Du meinst das Leichenschauhaus deiner Tante?«, lachte Mönning.

Dann erblickte er Jenny. Er hatte sie bereits zu Hause kennen gelernt. Hier saß nun die Freundin von Justin im Kreise der von Suttners, die ja gar keine waren. Nur Lisa war irgendwie adelig. Er zwängte sich nett zwischen sie und Jakob auf das Sofa.

»Ich bin Uwe«, stellte er sich vor, »schön, dass du hier mithilfst, Justin zu finden.«

Sie nickte.

»Justins Mutter hat tatsächlich gedacht, dass Justin bei dir übernachtet. War er heimlich bei dir?«

Jenny lief purpur an.

»Hall–oooo, ich bin erst 15. Das würde meine Mutter nie erlauben. Justin ist schon 16. Nee, hat er nicht. Er hat sich auch seit gestern nicht mehr gemeldet und er geht nicht an sein Handy.«

Das waren Neuigkeiten, die Mönning bereits kannte.

»Er hat 'n guten Geschmack, wenn ich das so sagen darf. Wärst du meine Tochter, würde ich gut auf dich aufpassen.«

Inzwischen stand Mia im Türrahmen. Alle hatten sich mal wieder bei uns getroffen.

Mia schwieg und beobachtete.

Jenny reagierte nicht.

Mönning verharrte.

Ein Stillleben dans la maison de Suttner.

Ich stand mit meiner einst Tiefkühl – nun gebackenen Pizza in der Tür.

Jakob nahm mir die Pizza ab und lächelte nur: »Situation gerettet. Liebes Tantchen, du könntest aber noch ein paar mehr Pizzen in den Ofen schmeißen.«

Ich grabschte mir den Teller, den nun Jakob und ich gleichzeitig festhielten: » Das war die letzte im Gefrierfach.«

»Alles klar«, korrigierte Jakob, »ich hab Papas Kreditkarte und geh eben zum Allfrisch und kauf ein.«

»Bring Prosecco mit«, riet Mia.

»Nicht volljährig«, erwiderte Jakob.

»Ich begleite dich!«, sagte Mia. Und gerichtet an Mönning setzte sie hinzu: »Ich spiel mal Wenn–er–mein–Sohn–wäre…«

Mönning hatte den Side–Kick durchaus verstanden. Seine Mia war kurz vor der Explosion, obwohl er doch nur seinen Job getan hatte und keineswegs Interesse an diesem jungen Wicht hatte. Anderseits wäre er nicht Mitte 30 sondern Ende der Teenies, so hätte Jenny durchaus…

Aber das würde er Mia nicht ohne großen Knall erklären

können. Mia war Mia, eine begehrenswerte Frau, die nichts rechts und links von ihr zuließ.

Sie war eine einzigartige Explosionsgefahr.

XIV

Er lief, lief, lief, ohne konkretes Ziel. Sein Handy war weg. Er konnte niemanden anrufen. Er überlegte, einfach heim zu laufen. Doch irgendwie verbot ihm sein innerstes Ich, dieses zu tun. Laufen, nur laufen.

XV

Kramers Handy blinkte. Sie stand unter der Dusche, noch benommen von der Teeny-Welle. Nein, sie wollte keine Kinder. Erst waren sie süß und unbeholfen. Man musste sich rund um die Uhr um sie kümmern. Jeder Pups saß quer. In den Pampers war das ja noch okay, die konnte man wechseln. Doch dann kam die pampersfreie Zeit, in der sie sich unvorsichtig fortbewegten. Frau musste immer ein Auge drauf haben, ob auf dem Spielplatz oder beim Krabbelsport. Frei hatte Mama nur, wenn Wicht in der KiTa war. Wenn dann nicht ein Pups quer saß und es zu Durchfall führte und Mama Wicht abholen musste. Danach kam die Schulzeit. Volle Bewachtheit bis 13.15 Uhr. Doch dann saß ein Pups quer und Mama musste Pupsi abholen. Nein, Kramer wollte auf gar keinen Fall eigene Kinder!

Das Handy blinkte. Freese. Ihr Kollege. Das hieß nichts Gutes. Eben noch die Spülung ausduschen und ein paar weitere Wasserstrahlen den Körper hinabrinnen lassen.

Freese. Handy. Dusche abstellen. Handtuch nehmen, abrubbeln. Ausgiebig.

Freese gab nicht auf.

»Kramer.«

»Frisch geduscht?«, fragte Freese.

»Yipp, woher weißt du das?«

»Es hat 3:15 min gedauert, bis du ans Telefon gegangen bist. Du hast dich noch nicht mit Lotion eingecremt.«

»Freese!«

»Ich habe keine Kamera in deinem Bad – ich schlussfolgere nur. Nun zu den Details.«

Trotzdem schwang sie ihr Handtuch enger um sich. Freese war kein Spanner-Typ. Aber der Gedanke allein…

»Ich höre…«

»Leiche in der Hase, Mühlenstraße, Pernikel-Mühle, junger Mann, mehr weiß ich noch nicht. Mönning ist bereits unterwegs. Du kannst dich erst noch…«

»Danke, das entscheide ich selbst!«

Kramer hatte aufgelegt.

Die Leiche war schon tot, so entschied sie sich doch noch für die Lotion. Der Tag würde hart und lang werden, da hatte ihr Körper noch diese kurze Komfortzone verdient.

Kurz darauf war sie am Auffindeort der Leiche. Der Ameisenhaufen der Spurensicherung war bereits in vollem Gange. Die Leiche lag am Ufer kurz vor dem Wehr der Mühle. Auf der Brücke traf Kramer ihren Kollegen Mönning. Auch er roch frisch geduscht.

»Nee, nur gutes Morgen-shave«, kommentierte er lächelnd, »Mia blockierte das Bad schon über ʼne halbe Stunde ohne Ende in Sicht. Da dachte ich Deo und Kaffee tunʼs auch. Du musst mich ja heute ertragen, nicht Mia.«

Henderson winkte nun von unten: »Wir sind gleich soweit, ihr könnt kommen.«

Kramer war bereits im Begriff zum Leiter der Spurensicherung zu gehen, als Mönning sie am Arm festhielt.

»Halt, Johnny. Betrachte die Szene. Was siehst du hier?«

Das waren eigentlich Fragen, die ihr sonst die Photographin stellte. Die guckte mit den Augen und nicht mit Sachverstand.

Doch Kramer ließ sich darauf ein. Es war nicht verkehrt, auch aus der Distanz zu blicken.

»Ich… ich sehe eine Leiche, einen jungen Mann, am Ufer unserer so wunderschönen Hase.«

»Weiter!«

»Er wurde vermutlich nicht hier ermordet, weil der Platz sehr unzugänglich ist. Warum geht jemand an diese Stelle? Außer er hätte was verloren. Vielleicht ist die Strömung von der anderen Brücke am Caro so, dass wenn zum Beispiel ein Handy in die Hase fällt, es bis hier schwimmt und anlandet. Meinst du das?«

»Können wir ja mal mit deinem Handy testen.«

»Okay. Ich bin zu blöd. Was siehst du?«

»Nicht mehr. Aber der Ort ist ungewöhnlich. Er gehört noch mit zum Gebiet des Klosters des Bistums. Da ist noch die KiTa St. Petrus Dom, aber alles gut abgesichert.«

»Durch die Diözese kann der Täter… könnte er vielleicht doch… im Garten dort?«

»Siehst du«, sagte Mönning, »wir haben noch nicht mal die Leiche gesehen und schon jetzt viele Fragen.«

»Tausend Dank!«, konterte Kramer, »ich rufe Mia an, dass du morgen vor ihr duschen kannst. Dann bist du klargespülter.«

ten und wartete auf die beiden Kommissare.

»Nur weil er tot ist, denkt ihr, ihr hättet alle Zeit der Welt, oder was?«, fragte er ein wenig gereizt.

Mönning und Kramer hatten die beiden Tore des Kindergartens passiert, um an den Auffindeort zu gelangen. Ein Kollege überreichte Kramer im Vorbeigehen noch eine Notiz mit den Daten des Hundebesitzers, der die Leiche gefunden und die Polizei informiert hatte. Er würde sich im Laufe des Tages auf dem Präsidium einfinden.

»Nix für ungut«, besänftigte Mönning, »wir sind nur wegen des Ortes hier etwas stutzig geworden.«

»Zu Recht!«, antwortete der Chef der Spurensicherung. »Dieser Ort ist nicht der Tatort, das steht fest. Die Leiche wurde hierher getragen, vielleicht in dem Leinentuch, in das sie eingewickelt war, wie auch immer. Vermutlich wurde der junge Mann durch einen der Messerstiche tödlich verletzt, aber ihr wisst ja…«

Kramer und Mönning nickten: »Das erfahren wir aus dem Bericht der Obduktion.«

»Es gibt hier auf dem Boden keinerlei Blutspuren, nichts durch das Tuch durchgesickert. Selbst in dem Erdboden müsste etwas zu finden sein, wenn er hier vor Ort … Ist aber nix. Außerdem wirkt seine Haltung merkwürdig. Ich muss mir die Photos noch mal genau ansehen, aber es wirkt auf mich, als sei er gepurzelt, hier über die Mauer. Aber das ist nur mein Eindruck. Keine verbrauchbaren Fakten.«

»Aber Deine Intuition hatte schon reichlich Erfolge«, fasste Mönning zusammen.

»Erst wenn sie fachlich und sachlich versiert waren«, zwinkerte Luke Henderson, packte seine Utensilien zusammen, bat seinen Kollegen noch solange die Hauptkommissare zu unterstützen, bis die Leiche dann abtransportiert werden konnte.

»Ihr hört von mir! Das heißt, Mönning fährst du mit nach Oldenburg zur Autopsie?«

Der hatte noch gar nicht darüber nachgedacht. Eigentlich würde er gerne, da er sich mit Pathologe Dr. Vitalij Hörschemeyer sehr gut verstand und auch fachlich mit einem Azubi mithalten konnte. Doch waren sowohl die Kollegen Rickham und Sanders gerade erkrankt als auch die Stelle von Teamchef Pfeifer noch vakant. Doch Johnny nickte ihm zu, dass er fahren solle und sie so vielleicht schneller zu neuen Informationen kämen.

Kramer kletterte den Abhang hinunter und betrachtete dann die Leiche. Dieser junge Mann wirkte jünger als 20 und lag auf alle Fälle mit dem Unterkörper schon länger in der Hase. Mönning hatte sich einen Handschuh übergestreift und hielt nun die linke Hand des Opfers hoch. Rote Farbe war daran.

»Das ist doch jetzt nicht Justin Vogts, oder?«, fragte Kramer, »ach du Scheiße!«

Sie zückte ihr Handy und machte ein paar Bilder seines Gesichts.

»Die muss Freese aber erst bearbeiten. Mit dem ganzen Schlamm im Gesicht ist er kaum zu erkennen. Alles verklebt. Und irgendwie aufs Gesicht gefallen.«

Ihr Herz schnürte sich zu. Ein Jungenstreich war in einem Mord geendet.

»Und jetzt?«, fragte Mönning, »Präsidium oder Lisa?«

»Lisa–Präsidium.«

Mia hatte bereits alle eingeweiht, dass es in der Hase eine Leiche gab. Mia hatte auch für ein umfangreiches Frühstück gesorgt, doch alle saßen lustlos um den Küchentisch herum. Keinem war nach frühstücken zumute. Alle hofften auf eine Nachricht von Johnny und Mias Freund. David hatte sogar überlegt, mal eben zum Herrenteichswall zu radeln und rein zufällig… Doch seine Tante hatte ihn dieses Mal zurückgehalten.

Nach endlosem Warten tauchten die beiden Kommissare in Lisas Küche auf.

»Wir kommen rein zufällig vorbei, weil wir gerade Frühstückspause machen«, erklärte Kramer.

»Das trifft sich zufällig ziemlich gut«, damit gab Mia ihrem Uwe einen Kuss.

»Wir dürfen nichts zu unserem neuen Mordfall sagen«, begann Mönning.

Kramer legte ihr Handy auf den Tisch und öffnete das Bild mit dem Gesicht der Leiche.

»Keiner geht an mein Handy!«, bestimmte sie.

»Nicht berührt«, sagte David und blickte in das Gesicht. Dann rannte er Richtung Klo und übergab sich. Kramer steckte das Handy schnell ein.

»Nicht jugendgeschützt!«, erklärte sie.

Was sie wissen wollte, wusste sie nun. Dachte sie.

XVII

Kramer wollte den Moment, die Mutter zu informieren , noch ein wenig vor sich herschieben. Zuerst sollte Freese das Bild etwas anhübschen. Das Gesicht sah mit den Verklebungen durch den Haseschlamm sowohl im Wangenbereich als auch in den Haaren sehr verstörend aus.

Vielleicht hätte ja auch die Spurensicherung im Laufe des Vormittages ein Bild, das der Mutter präsentiert werden könnte. Freese versuchte sein Bestes, war mit dem Ergebnis jedoch unzufrieden.

»Du hast doch von der Mutter das Photo, vielleicht kann ich darüber einen Abgleich machen«, überlegte Freese.

Mönning war bereits unterwegs nach Oldenburg.

Ein neuer Kollege war dem Team zugeteilt worden, Frederik Hunevald. Er war smart und noch unerfahren. Deshalb setzte er sich mit allen möglichen Daten von Justin Vogts und seiner Familie auseinander. Wozu das gut sein sollte, wusste er nicht. Aber er war beschäftigt. Noch war seine Kollegin nicht bereit, der Mutter die Hiobsbotschaft zu überbringen. Möglicherweise handelte es sich bei ihr gerade um eine verfrühte Midlife–Crisis, weil sie sich vom Kinderwunsch – wie von anderen Kollegen über sie gemunkelt wurde – weiter denn je getrennt hatte und Kinder eher eine Phobie in ihr auslösten. Oder weil sie tatsächlich Bedenken wegen der Identität hatte.

Henderson rief an. Kramer stellte ihren Apparat auf laut, damit Hunevald direkt mithören konnte.

»Ich hab noch nicht viel. Der Junge ist zwischen 16 und 20 Jahre alt, gut 1,80m groß, blond, schmale Statur. An seiner linken Hand befinden sich Reste von roter Sprühfarbe, aber das hattet ihr schon selbst entdeckt. Den Fingerabdruck hab ich durchs Archiv gejagt, aber ohne Ergebnis, noch nicht registriert. Definitiv wurde er nicht am Findeort ermordet. Alles Weitere bekommt ihr aus Oldenburg.«

Eigentlich war für Kramer der Fall schon so gut wie gelöst: Justin hatte die Figur Mösers beschmiert, irgendwer hatte es beobachtet, hatte aus Wut ein Messer gezückt und den armen Schüler getötet.

Während Kramer diese Fakten an ihr whiteboard schrieb, bemerkte sie, dass der Fall noch so gar nicht gelöst war. Wer war der Mörder?

XVIII

Währenddessen explodierte die Atmosphäre in Lisas Villa. Alle waren hochgradig nervös, gereizt oder traurig.

Inzwischen war auch Jenny gekommen und saß weinend und bibbernd in einer Sofaecke. David hatte ihr Bescheid gegeben, nachdem sein Mageninhalt nichts mehr zu melden hatte und sein Geist sich wieder einschaltete.

Benny hatte versucht, Jenny aufzuheitern, merkte aber schnell, dass diese Baustelle nicht sein Metier war. Mia setzte sich zu Jenny und nahm sie in den Arm.

»Mein Freund heißt Uwe, du hast ihn ja kennengelernt. Er wird alles dran setzen, um Justins Mörder zu finden.«

Jenny weinte noch mehr.

»Wie hast du Justin kennengelernt? In der Schule?«

Jenny nickte.

»Ihr wart auch noch gar nicht so lange zusammen, oder? Aber du warst mächtig in ihn verliebt, oder?«

»Bin!«

»Was liebst du am meisten an ihm?«

Jenny schaute Mia mit großen Augen an.

»Ich weiß nicht. Das sind die Schmetterlinge!«

»Denk nach!«

»Er lächelt so süß. Hat Flausen im Kopf, ist nicht wie andere.«

»Flausen«, hakte ich nach, »sowas wie eine Statue beschmieren?«

»Tante Lisa! Wir fanden das alle mutig«, erklärte David, »du hast doch früher selbst gesprayt.«

»Woher weißt du das denn?«

»Von deiner Mutter. Sie hat all deine Graffitis photographiert«, erklärte David.

»Meine Mutter?«, ich war verwundert. Das bedurfte der Klärung zu einem anderen Zeitpunkt.

»Aber ich hab Figuren gesprüht oder ‚...‘«, verteidigte ich mich.

»Und wie weit ist Nazi davon entfernt?«, fragte David.

»Aber war Möser denn ein Nazi?«, setzte ich nach.

»Also, Tante Lisa«, Benny bemühte erneut Wikipedia auf seinem Handy, »hier steht eindeutig ‚Möser beeinflusste die Entwicklung des deutschen Nationalismus‘.«

»Hallo!«, erwiderte ich, »da steht nicht Nationalsozialismus!«

Auch Mia mischte sich ein: »Nazis gab es doch vor 250 Jahren noch gar nicht. Deutschland war ein Flickenteppich. Noch so gar nicht Deutsch.«

»Wir bewegen uns noch in der Zeit des Absolutismus. Ludwig XVI. in Frankreich. Nach dem 30jährigen Krieg war Osnabrück der einzige Kleinstaat Deutschlands, in der sich der evangelische und katholische Fürstbischof abwechselten. Sagt euch Clemens August I. von Bayern etwas?«, fragte ich.

Drei Neffen schüttelten den Kopf.

»Er war fast 40 Jahre Erzbischof von Köln und dadurch Kurfürst des Heiligen Römischen Reiches Deutscher Nation. Alle Fürstentümer kochten ihr eigenes Süppchen. Und nun versuchte man von oben drauf eine deutsche Nation mit Römischen Gnaden«, erklärte ich.

»Wo hast du das denn gegooglet?«, fragte Jakob spitz.

»Hallo, ich bin Osnabrückerin und hab ein bisschen Stadtwissen«, konterte ich.

Doch meine Neffen waren auf Rebellion gegen mich und den Monsieur des cinq églises eingestellt. Sie wollten nichts hören über geistliche Reichsfürsten seinerzeit und welche Macht sie ausübten. Und dieser Bayer hatte sich auch in Osnabrück fett gemacht. Er liebte den Prunk, den Rokoko. Er besaß etliche Schlösser, ließ auch Clemenswerth in Sögeln bauen. Er pendelte zwischen den Franzosen, Engländern und wem auch immer, wenn es für ihn gut war. Das Wort Reformen kannte er eher nicht. All seine Portraits in irgendwelchen Schlössern wiesen eher auf einen König denn Geistlichen hin. Ich hätte meinen Neffen gerne noch so viel berichtet, was ich gegoogelt hatte, doch sie waren immun.

XIX

Mönning hatte Kramer auf dem Handy angerufen.

»Wir brauchen die DNA zum Abgleich!«

Das war ein guter Grund, der Mutter noch nicht die volle Wahrheit gestehen zu müssen.

Kramer fuhr mit Hunevald zu Frau Vogts. Sie hielt beim Öffnen der Tür ihr Handy in der Hand.

»Jemand hat das Handy meines Sohnes gefunden. Er bringt es hier vorbei. Kein Wunder, dass Justin sich nicht meldet.«

»Das heißt, Sie haben noch nichts von Justin gehört?«, fragte Hunevald.

»Ich dachte, Sie suchen ihn!«

»Frau Vogts, genau das machen wir. Auf Hochtouren. Wir brauchen aber Ihre Mithilfe. Wir brauchen etwas von Justin, damit wir auch seine DNA feststellen können. Dann ein aktuelles Photo und am liebsten noch ein durchgeschwitztes T–Shirt.«

Kramer stand wie versteinert neben ihrem korrekten Kollegen. Er sammelte nur Indizien zum Abgleich. Er sagte nichts von der gefundenen Leiche. Er war schlimmer als ihr Kollege Rickham. Der war schon über alles erhaben mit seinem Einfamilienhaus und seiner perfekten Familie. Aber dieser Kerl war Single und fehlerlos.

Frau Vogts kam nach der Wunschliste kurz darauf mit dem Photo zurück, das auf dem Sideboard gestanden hatte, in der anderen Hand hielt sie ein Oberteil und die Bürste ihres Sohnes. Alles drückte sie Hunevald in eine Tüte, die er geöffnet in der Hand hielt.

Hunevald zog das Shirt glatt und versicherte:

»Wir finden Ihren Sohn auf alle Fälle!«

XX

Außer Sicht von der Mutter explodierte Kramer vor Tür.

»Wieso hast du ihr nichts von der Leiche erzählt? Dass ihr Sohn tot ist?«, schnauzte sie.

»Mönning braucht Dinge zum DNA–Abgleich und die

bekommt er. Und erst und nicht eher«, sein Zeigefinger fuchtelte immens nah vor Kramers Nase, »erst wenn bestätigt ist, dass es sich bei dem Toten um ihren Sohn Justin handelt, erst dann werden wir ihr diese traurige Nachricht überbringen.«

»Sie hinhalten?«

»Nein! Es kann ja auch jemand anderes sein, der zufällig mit diesem Jungen auf dem Photo Ähnlichkeit hat!«

»Und der auch rein zufällig eine Hausarbeit über Möser schreiben muss und deshalb das Denkmal besprüht...«

»Möser wird 300 Jahre alt. Da muss hoffentlich nicht nur das Rats den Kerl durchleuchten!«

Kramer gingen die Argumente aus. Hunevald hatte korrekt gehandelt. Wie im Lehrbuch. Und dabei war sie doch diejenige, die sich nicht vom Bauchgefühl leiten ließ.

»Wir bringen die Sachen jetzt zu Henderson, wenn du nichts dagegen hast. Ich kann dich aber auch erst bei deiner Freundin Lisa absetzen oder sollen wir erst noch ´n Fläschen Sekt kaufen?«

»Prosecco!«

Hunevald grinste unverschämt.

»Henderson!«

XXI

»So kommt ihr doch nicht weiter!«

In der Tür stand Lorenzo von der Trattoria, die vom Markt   »zum Rathaus« gezogen war, ihren Standort aber nicht gewechselt hatte.

»Ihr streitet, dass man euch bis auf den Wall hört!«

Alle blickten Lorenzo erstaunt an.

»Für Prosecco ist es noch zu früh, für Pizza nicht. Gebt eure Bestellung auf und ich bin in 40 Minuten zurück.« Alle bestellten schnell ihre Lieblingspizza zusammen mit allerlei Sonderwünschen. Lorenzo notierte.

»In 40 Minuten ist es auch nicht mehr zu früh. Bring zwei Flachen Prosecco mit«, lachte Mia.

»Bring 'ne Kiste«, orderte David, »wir bleiben über Nacht.«

*

Alle hatten sich durch die Aussicht auf Pizza wieder beruhigt.

»Bist du dir sicher, dass du Justin auf dem Handy erkannt hast«, fragte Jenny. Sie war völlig verheult, doch hoffte sie, dass David sich versehen hatte.

»Da lag Justin voll verschmiert und entstellt. Sein Gesicht sah eher nach 'ner Schlägerei aus«, erinnerte sich David.

»Aber könnte es jemand anderes sein?«, hakte sie nach.

»Das Bild war so schrecklich. Ich weiß es nicht. Vielleicht war Justin auch jemand anderes, ich weiß es nicht.« Die Stimmung war schon wieder auf Null gesunken.

Alle schwiegen. Jenny weinte. David kaute auf den Nägeln.

»Vielleicht könnte ja mal jemand Uwe anrufen?«, damit sah Benny in die Richtung von Mia.

»Der ist zur Obduktion in Oldenburg. Aber ich könnte ja mal fragen, wie das Wetter dort oben ist«, überlegte Mia.

Mia verschwand kurzzeitig in meiner Galerie und tauschte erst noch Zärtlichkeiten aus, bis sie zum Wesentlichen kam:

War der Tote aus der Hase Justin Vogts?

Kramer und Hunevald saßen auf unbequemen Stühlen in Hendersons Reich.

Der untersuchte sowohl Bürste als auch T-Shirt nach brauchbaren DNA-Spuren.

»Auf dem T-Shirt finde ich mehr als nur eine DNA«, rief er, »die Bürste hat nur er benutzt.«

Dann vernetzte er sich mit Hörschemeyer in Oldenburg.

»Ich hab hier eine eindeutige DNA von Justin Vogts. Hast du was Vergleichbares für mich?«

Von der anderen Seite war Gemurmel zu hören.

Es ploppte ein DNA-Strang auf. Kramer wollte bereits aufspringen und fragen. Doch Henderson machte mit einer Handbewegung klar, dass er noch Zeit bräuchte.

»Hol dir 'n Kaffee«, schlug er vor.

»Ist Johnny bei Dir?«, fragte Mönning und setzte sich ins Bild.

»Ist sie«, gab Henderson zurück, »und echt anstrengend heute.«

»Mia hat schon gefragt, wann du zur Pizza kommst, alle sind schon in der Villa von Lisa«, munterte Mönning sie auf.

»Wir müssen vielleicht vor dem Prosecco erst arbeiten«, meldete Hunevald sich.

»Ah, Kollege Hunevald im Einsatz. Schön, dass du in unserem Team bist!«, säuselte Mönning, »Bist du eher der Zitronenkuchen- oder Pizza-Typ?«

»Vegan und strebsam!« war die Antwort.

Henderson und Hörschemeyer waren immer noch in ihrem Gemurmel–Modus.

»Luke, was siehst du?«, fragte Vitalij.

»Nicht kompatibel«, sagte der.

»Seh ich auch so. Die Leiche ist nicht Justin Sowieso!«
Kramer wäre am liebsten vor Glück in die Luft gesprungen. Es war nicht Justin.

Aber es gab eine andere Leiche, die nun zu ermitteln war. Und deren Mörder zu finden war. Und wo war Justin Vogts?

XXIII

Freese saß zu später Stunde immer noch hinter seinem Rechner und hatte die Suche nach der vermissten Person Justin Vogts an alle Streifenwagen weitergeleitet. Außerdem durchforstete er alle aktuellen Vermisstenanzeigen nach einem Jungen zwischen 16 und 25. Mönning verkündete inzwischen einen mündlichen Obduktionsbericht aus Oldenburg, der schriftliche würde in den nächsten Tagen folgen.

»Der junge Mann erlag inneren Blutungen, hervorgerufen durch einen Messerstich in die Lunge. Zwei weitere Messerstiche erwischten ihn am Arm und im Bauchraum. Aufgrund des Einfallswinkels tippt Hörschemeyer auf einen männlichen Täter, der ca. 10 cm größer als das Opfer ist. Das Opfer ist 1,78m. Außerdem ist der Täter Rechtshänder. Ob die beiden sich kannten, müssen wir herausfinden. Den Todeszeitpunkt würde Vitalij auf gestern zwischen 18 und 24 Uhr eingrenzen wollen.«
Aus der KTU kamen die ersten Ergebnisse wegen des

Messers. Es handelte sich um eine breite Klinge, die aber nicht wesentlich länger als 10cm lang sei. Die Klinge hat einen gebogenen Rücken und vermutlich eine gerade Scheide, doch sei sie an einigen Stellen abgenutzt. Eine Zeichnung lag dabei.

»Erinnert ans Mittelalter«, überlegte Hunevald.

»Kennst du dich damit aus?«, fragte Mönning bewundernd.

»Nur so`n bisschen Mittelalter Larp«, tat Hunevald bescheiden.

»Welche Rolle?«, nun war Freese Feuer und Flamme.

»Bettler«, lachte Hunevald, »ich hatte weder die passenden Klamotten für einen Grafen noch die finanziellen Mittel. Man muss ja entsprechend ausgestattet sein.«

»Ich wollte mal Hobbit sein, bin aber zu groß!«, schmunzelte Freese.

»Aber die Schuhgröße hätte gepasst«, mischte sich Mönning ein.

Beide schauten ihn verwirrt an.

»Meint ihr, ich kenn mich nur mit Zitronenkuchen aus?«, fragte er pikiert.

Das war also geklärt. Nur nicht, wie sie weiter fortfahren wollten.

Kramer hatte inzwischen die Info-Tafel präpariert. Es hingen zwei Photos oben, einmal das von Justin Vogts mit dem Verweis »verschwunden« und daneben das Bild des Toten mit dem Verweis »nicht identifiziert«. Und dann heftete sie das Photo von Mösers beschmierter Statue dazwischen und malte ein großes Fragezeichen daneben.

»So Jungs«, begann sie, »der Prosecco wird warm.

Nächste Schritte für morgen: Wir müssen Frau Vogts noch mal befragen, wo sich ihr Sohn aufhalten könnte, ob er Streit mit jemandem hatte. Hunevald, das machst du. Ich möchte noch mal mit der Klassenlehrerin und der kompletten Klasse sprechen. Mönning, du begleitest mich und beobachtest die Reaktionen der einzelnen Schüler. Freese, du versuchst die Identifizierung voran zu treiben. Ruf beim Staatsanwalt an, dass wir notfalls das Bild freigeben dürfen. Und bekomm alles über das Messer heraus. Behringer kommt morgen wieder, er hilft dir. Henderson sucht mit seinem Team die Strecke vom Dom bis zur Hase ab, die sind schon aktiv. Wenn wir ein größeres Team brauchen, kann ich das schnell beantragen. Für heute geht hier nichts mehr. Ich fahr jetzt zu Lisa. Mönning, kommst du mit?«

Er nickte.

»Hunevald?«

»Danke. Ich steh nicht auf Prosecco und Pizza. Ich besuch noch 'n alten Kumpel, da gibt's Bier.«

XXIV

Unser Wohnzimmer glich einem Gelage aus dem modernen Mittelalter. Die Pizzakartons stapelten sich. Cola und Saftflaschen lagen quer Beet verteilt.

Da wir nun wussten, dass Justin nicht tot war, konnten wir zur Hauptaufgabe der Facharbeit zurückkehren.

Jeder schmökerte in Büchern herum oder surfte durch die wiki-Welt.

»Wusstet ihr, woran man damals einen Franzosen, einen Deutschen und einen Italiener erkennen konnte?«, fragte David.

Alle schauten auf.

»Also, die Franzosen hielten uns für arbeitsame Pedanten, die Engländer für mitleidswürdige Sklaven und die Italiener für grobe Schlucker. Aber jetzt kommt's: ‚Ein vornehmer Cardinal sagt: Ich erkenne die drey Nationen bey einem Glase Wein, worin eine Fliege liegt. Der Italiäner giebt das Glas weg; der Franzose nimmt die Fliege heraus; und der Deutsche schlukt sie mit herunter‘.«

Daniel lachte laut: »Ist doch klar, die Fliege trinkt ja auch nicht viel.«

Sind wir Deutschen so? Nix verkommen lassen? Wobei, in dieser Wegwerfgesellschaft gab es auch viele andere.

»Wir heben die Pizza–Kartons auf und holen darin morgen unsere neue Pizza«, schlug Jenny vor. Konnte sie Gedanken lesen?

»Muss ja nicht alles weggeworfen werden«, gab sie klein bei, »ich bezahle meine Pizza auch selbst, wenn ich wiederkommen darf. Zuhause fällt mir die Decke auf den Kopf, wenn ich nicht weiß, wo Justin steckt.«

Bevor sie wieder einen Heulkrampf kriegte, hatte Jakob schon das nächste Kapitel aus Mösers Lesebuch aufgeschlagen.

»Jetzt kommt was für dich, Mia! Hier schreibt eine Anglomania Domen an ihre Großmama über den neusten Geschmack. Sie beschreibt den schönen Obstgarten auf einem Kohlstück der Großmama mit rot gestreiften Äpfeln und einem Kräutergarten mit schönstem wilden Gesträuch. Nu, kommt aber ihr Kerl, will alles modern. Tausend Fuder Sand, Steine und Lehmen auf das Kohlstück, ein Schrubbery oder Boßkett drauf, sowas wie ein

Wäldchen, Dornenhecke drum gegen die Schweine. Auf dem Hügel ein Cannape. Dabei eine chinesische Brücke, Modell England, darunter ein eigener Fluss mit sechs Schildkröten. Die Idee kommt aus dem Garten zu Stove. Ich bin mir aber gar nicht sicher, ob die Enkelin das toll findet, denn sie schreibt weiter: Kurz, ihr gutes Gärtgen, liebe Großmama, gleicht jetzt einer bezauberten Insel, worauf man alles findet, was man nicht darauf suchet, und von dem was man darauf suchet, nichts findet. Mögten Sie doch in Ihrem Leben noch einmal zu Uns kommen und alle diese Hexereyen mit ansehen können. Jau und wenn Omma es noch mal schaffen würde, dann soll sie weißen Kohl aus der Stadt mit aufs Land mitbringen. Das zum Thema ‚englischer Garten' auf dem Land.«

»Und was möchtest du uns damit sagen, Jakob? Dass meine Mode zu modern ist, die ich designe und ich besser wieder Kartoffelsäcke schneidern lasse? Oder möchtest du back to the roots und dein Handy abgeben?«, fragte Mia.

Jakob war in Mias Falle geraten.

»Ich hatte nur als Tipp für David gemeint, er könne auch was über Architektur schreiben.«

»Dann fang mal mit deiner Außengestaltung an«, grätzte ihn sein großer Bruder an.

XXV

Teambesprechung 14 Uhr. Freese hatte noch nichts über die Identität der Leiche herausfinden können. In der morgigen Zeitung würde ein Bild veröffentlicht werden, um die Öffentlichkeit um Mithilfe zu bitten.

Kramer berichtete über das Zusammentreffen sowohl mit der Klassenlehrerin Frau Kassmeyer als auch mit der kompletten Klasse. Die Lehrerin war erleichtert, dass der Tote nicht ihr Schüler Justin war. Leider wusste sie wenig über ihn. Es war komisch, dort unter den Schülern David und Jenny zu sehen. Aber sie verhielten sich genauso professionell wie die Hauptkommissarin, sie waren ebenso gespannt auf die Reaktionen der Mitschüler. Einige hatten von Justins Vorhaben, das Denkmal zu beschmieren, gewusst. Sie hatten es aber eher für Angeberei abgetan. Alle beschäftigten sich irgendwie mehr oder weniger mit Möser. Doch keiner wusste, wohin Justin abgemösert war. Viele blickten auf Jenny. Kramer winkte jedoch gleich ab, dass da ein Einzelgespräch bereits durchgeführt worden war.

Mönning hatte währenddessen alle Schüler und Schülerinnen genau beobachtet. Doch es wirkte keiner so, als ob er Justin bei der Schmier–Aktion begleitet hatte.

Und dennoch fragte Kramer jede und jeden nach seinem Alibi. Doch auch da perlte niemandem Angstschweiß von der Stirn. Es schien sich wirklich jede und jeder in seinem eigenen Möser–Orbit zu befinden.

Anschließend fasste Hunevald die Erleichterung der Mutter zusammen, die ihren toten Sohn schon in der Hase gesehen hatte. Die Zeitung hatte in einer Randnotiz über einen Leichnam dort berichtet. Sie konnte sich immer noch nicht erklären, wie ihr Sohn auf diese bescheuerte Idee, Möser zu verunglimpfen, gekommen war. Er war jung und manchmal nicht zu bändigen. Ebenfalls hatte sich der Finder des Handys noch nicht bei ihr gemeldet. Aber! Hunevald war gestern bei seinem Kumpel gewesen, der als Bierbrauer auf den Larps den Bierausschank betrieb. Sein Bruder wiederum betrieb ein Geschäft mit mittelalterlichen Messern, die natürlich bewusst ungeschärft waren, damit bei den Rollenspielen niemand verletzt wurde. Der würde seine Hand fast ins Schmiedefeuer halten, dass es sich hier um ein historisches Messer aus dem 13. bis 16. Jahrhundert handeln könne. Oder die Kopie sei immens gut.

»Ungenauer ging es nicht?«, hakte Kramer nach.

»Hallo! Es ist kein Spielzeugmesser, sondern wir suchen nach einem Messer, das wirklich dem Mittelalter entsprungen sein könnte.«

»Gebe ich an Henderson weiter«, erklärte Freese. In diesem Moment kam auch der Kriminalspurensicherer durch die Tür.

»Es wird euch interessieren. Wir haben Blutspuren in einem der Eingänge an der Hasestraße gefunden. Da, wo die Friedensreiter in den Durchgang gemalt sind«, erklärte Henderson.

»Das hat ja wohl nix mit Frieden zu tun«, entgegnete Kramer.

XXVI

Alles lief auf Hochtouren.

Aber wieder war es auch ein Warten. Warten auf Fakten. War der Eingang in der Hasestraße der eigentliche Tatort? Warum war der Junge in das weiße Leinentuch gewickelt? Wie war er von der Hasestraße zur Mühlenstraße und dann in die Hase gelangt? War er sofort tot oder konnte er sich noch dorthin schleppen? Wieso hätte er sich dann keine Hilfe geholt? Einfach irgendwo klingeln?

Handy?

Handy.

Kramer blickte erschrocken auf ihre Infowand.

Hunevald hatte sich hinter sie geschlichen und Mönning stand im Türrahmen.

»Und wenn Justin der Mörder ist?«, fragte Hunevald.

XXVII

Bei mir lief alles aus dem Ruder.

Unser Haus glich einem Jugendcamp mit integrierter Müllhalde. Selbst Chilli und Pepermint mieden das Wohnzimmer. Alles roch nach inzwischen kalter Pizza und durchschwitzten Socken. Es war höchste Zeit einen Neffen-freien Tag zu begehen.

Als die drei auf ihren Rädern nach der Schule bei mir auftauchten, schickte ich sie mit dem Auftrag den Geocache zu beenden, fort. Der dritte Lagepunkt war ca. 2 km von der Hauptschule Innenstadt entfernt gewesen. Darauf hatte beim ersten Versuch keiner Lust und so waren wir gleich zum Denkmal gelaufen. Nun sollten meine Neffen die Info-Tafel mit vielen Daten Mösers finden.

Ich lüftete mal richtig durch und versuchte beim Durchzug die Notizen der Kidz wieder zu sortieren. Jeder hatte sich eine eigene Ecke arrangiert, wobei das meiste im Handy notiert wurde. Jenny hatte einen Malblock dabei gehabt und hatte aus den Büchern Kleider abgezeichnet. Das wollte ich unbedingt Mia zeigen. Das Mädel schien begabt. Die Jungs hingegen schienen in den Pizzakartons Tic tac toe gespielt zu haben. Verliererin schien im Moment ich.

Mein Handy klingelte.

»Was hatte Franz Lenz mit Justus Möser zu tun?«, brüllte Jakob in sein Handy.

»Ihr googelt doch alles! Woher soll ich das wissen?«, brüllte ich zurück.

»Richtig. Er war Gewerkschaftler. 1958 hat er bei der Maikundgebung gesprochen«, echauffierte sich Jakob weiter.

»Und?«, fragte ich, »wo steckt ihr überhaupt?«

»Hase-Park. Hier ist nix mit Möser! Die Straße soll was mit Möser zu tun haben. Hat der Lenz aber nicht.«

»Vielleicht solltet ihr die Koordinaten neu eingeben?«

»Danke Tantchen, haben wir schon.«

»Noch mal abgleichen mit den Buchstaben von der Hauptschule?«

»Hat Benny schon zweimal!«

Ein Knistern. Ein Kreischen. Ein Wutanfall.

»Benny hat sich um eine Ziffer an der Hunderterstelle verrechnet. Er ist vermutlich jetzt sehr schnell bei dir, bevor...«

»Halt Jakob, erst noch den Cache!«, befahl ich.

XXIII

Innerhalb kürzester Zeit hatte Kramer den Durchsuchungsbeschluss für die Familie Vogts in den Händen. Justins Mutter war sehr verblüfft, als etliche Kollegen der KTU ihr Haus auf den Kopf stellten. Justins Computer wurde konfisziert. Henderson überprüfte das Handy der Mutter, ob sie tatsächlich keine Nachrichten ihres Sohnes erhalten hatte. Speziell wurde nach Messern gesucht. Damit wollte man überprüfen, ob Justin ein Faible für mittelalterliche Waffen hatte. Der Wäscheschrank der Mutter wurde genauestens nach Leinentüchern durchforstet. Auch im Keller suchte Henderson gewissenhaft, konnte aber nur eine alte Nähmaschine entdecken.

»Mitnehmen!«, ordnete er seinem Assistenten an.

Zu Frau Vogts gewandt sagte Hunevald:

»Ihr Handy bitte!«

»Wieso mein Handy?«

»Wir müssen überprüfen, ob Justin sich nach dem von Ihnen genannten letzten Anruf noch einmal gemeldet hat.«

Mit einem Wink wies er einen Assistenten an, den Anrufbeantworter abzuhören.

»Ich verstehe das alles nicht! Es war nicht Justin, der mich angerufen hatte, es war eine andere Männerstimme. Jemand, der Justins Handy gefunden hat«, weinte Frau Vogts.

Doch Hunevald blieb distanziert:

»Ich möchte Sie bitten, uns aufs Revier zu begleiten.«

*

Frau Vogts verstand die Welt nicht mehr. Sie konnte all die Fragen über ihren Sohn nicht beantworten. Für sie stand fest, dass er kein Mörder war, sondern vermisst wurde.

Kein Widerspruch, dachte Kramer innerlich zerrüttet.

XXIX

Kramer und Mönning statteten ihren nächsten Besuch im Ratsgymnasium ab. Sie trafen sich wieder mit Frau

Kassmeyer und der 10e im großen Musikraum. Die Stimmung war anders als bei ihrem ersten Treffen. Kramer trat forsch und zielstrebig auf. Jede/r sollte notieren, worüber genau er seine Facharbeit schreiben wolle. Außerdem wollte Kramer noch einmal genau wissen, wer wo zum Tatzeitpunkt war und was er über Justins Vorhaben wusste.

»Johnny, nee!«, platzte es aus David heraus.

»Herr Dannemann, Ihren Unmut können Sie vor der Tür artikulieren!«, entgegnete sie.

Damit war auch David der Ernst der Lage klar. Dennoch stand er auf und sagte:

»Frau Hauptkommissarin Kramer, Justin mag einen Fehler begangen haben, aber er ist kein Mörder!«

»Schön, dass du so über deinen Klassenkameraden denkst, aber er hat das Denkmal nicht beschmiert und er ist auf der Flucht. Also helft ihm und uns, ihn zu finden.«

Nun war das Eis gebrochen und es wurde getuschelt. Nur Jenny weinte leise vor sich hin.

Jeder erzählte nun genau, womit er sich zu Möser befasste.

»Ich starte mal«, sagte Mitschüler Marcel, »ich durchleuchte Möser am Ratsgymnasium. Der Rektor damals schien frischen Wind durch die Schule zu blasen und es wird Schultheater gespielt. Möser war vor allem mit Lodtmann und Bertling befreundet, auch später noch.«

Frau Kassmeyer nickte erfreut.

»Ich schreib' über die Mutter Regine Gertrud, geb. Elverfeld«, rief Lasse in die Runde, »darüber gibt es wenig Material. Sie wird als von   »reizbarem Temperament« beschrieben, wie meine Mutter. Aber ihr Vatter war Bürgermeister, von daher war sie 'ne gute Partie, denn sie musste ja die Aussteuer mit in die Ehe bringen, taxiert auf 1200 Reichstaler, anders als bei meiner Mutter. Damals wurde alles notiert. Kaum vorstellbar, wenn mein Vater das Konto meiner Mutter notiert hätte. Frau Möser hatte französische Bildung und dennoch gehörte sie zu den guten westfälischen Hausfrauen, die alles beisammen halten. Justus muss sie wohl sehr geliebt haben. Anders als ich meine Mutter.«

»Vielleicht solltest du zunächst objektiv bleiben und dein eigenes Schicksal später in dein Fazit schreiben«, empfahl die Lehrerin.

»Mein Thema ist die Möser–Linde am Rubbenbruchsee«, Lasse hatte sich gemeldet, »zur Zeit von Möser war die Linde ein sehr beliebter Baum, bestes Schnitzholz. Möser hat sich schon damals für die Aufforstung eingesetzt.«

Frau Krassmeyer lächelte erklärend: » Lasses Vater ist Förster im Heger Holz und er unser Natur–Spezialist.«

»Ich schreib' über Möser als Sekretär der Ritterschaft, aber da gibt es zu viel Material«, meldete sich Sophie–Charlotte.

»Frag doch deinen Vater, ist doch selber Jurist«, blaffte Kim.

»Ich will eine Modenschau mit der Kleidung und den Frisuren von damals machen. Meine Mutter arbeitet beim Theater. Da können wir ein paar Requisiten leihen. Und ein paar Sachen nähe ich selbst. Die Skizzen sind schon fertig«, stolz zeigte Caro ihren Skizzenblock.

Die Polizisten nahmen erst einmal die Themen auf und versuchten sich ein Bild der Klasse zu machen.

Am Nachmittag hatten sie David und Jenny bei Lisa eingeladen, um noch einmal genauer über jeden Klassenkameraden etwas zu erfahren.

»Worüber schreibst du eigentlich, Jenny?«, fragte David neugierig.

»Über Jenny, seine Tochter«, antwortete Jenny ganz leise.

XXX

Am folgenden Tag erschien das Photo der Leiche in der Zeitung. Bereits um kurz nach 7 Uhr rief der erste Leser an, der den Jungen für seinen Sohn hielt. Er war sich nicht ganz sicher, weil das Photo ein wenig unscharf sei, aber sein Sohn sei auch schon seit drei Tagen nicht zum Schlafen heim gekommen.

Freese notierte sich die Adresse und benachrichtigte Kramer und Mönning.

Umgehend wurden Haare des Sohnes für einen DNA–Abgleich sichergestellt und zur KTU gebracht. Henderson hatte bereits den zweiten Kaffee auf seinem Schreibtisch stehen und wartete. Kramer wusste, dass sie in den nächsten zwei Stunden noch mit keinem Ergebnis rechnen konnte, bat dennoch Freese den Jungen, Lean Schäfer aus Bramsche schon einmal zu durchleuchten:

»Selbst wenn er nicht der Tote ist, ist er seit drei Tagen verschwunden. Vielleicht ist es gerade in Mode, von daheim abzuhauen.«

Kramer kam sich vor wie ein eingesperrter Tiger mit Hospitalismus–Syndrom. Sie wanderte in ihrem Büro immer auf und ab und konnte keinen klaren Gedanken fassen. Hatte sie es jetzt mit zwei vermissten Jungen zu tun? Oder war der eine das Opfer und der andere der Täter? Oder hatte der Eine nichts mit dem Anderen zu tun? Oder...

»Freese, gibt es eine Verbindung zwischen den beiden Jungen?«, rief sie über den Flur.

Behringer saß an Freeses Rechner und recherchierte auf Hochtouren.

»Fang mit der Freundin an! Das ist immer ein guter Grund für Eifersucht und Mord!«, forderte Kramer weiter.

Kramer-Strohhalm-Hospitalismus

XXXI

Henderson kam direkt in die Büros der Kripo.

Er hatte seine Ergebnisse mit denen von Hörschemeyer abgeglichen. Laut DNA bestand kein Zweifel: Der Tote war Lean Schäfer.

Nächster Schritt für Freese. Was wussten sie im Vorfeld? Er referierte kurz:

»Lean Schäfer, Sohn von Marion und Gerhold Schäfer, einziges Kind. 17 Jahre alt, besucht die 10. Klasse der IGS Bramsche. Bislang nicht aktenkundig bei uns.«

»Jenny Knister?«, hakte Kramer nach.

»Euer Job!«, gab Freese zurück.

XXXII

»Unser Beileid!«, war alles was Kramer herausbrachte, als Herr Schäfer die Tür seines Einfamilienhauses am Nachmittag öffnete.

Der stand starr da.

»Wenn es möglich ist, würden wir Ihnen gerne ein paar

Fragen stellen«, setzte die Hauptkommissarin nach.

Frau Schäfer saß noch immer im Morgenmantel und verheult auf dem Sofa im Wohnzimmer.

»Nachdem wir das Bild heute in der Zeitung gesehen haben, haben wir bei allen möglichen Freunden von Lean angerufen. In der Hoffnung, dass er es nicht ist«, schluchzte sie, »aber er ist es. Unser Sohn ist tot.«

»Leider ist ihr Sohn einem Gewaltverbrechen zum Opfer gefallen. Wir hoffen auf Ihre Mithilfe, um den Mörder schnellstens zu stellen«, erklärte Mönning.

Herr Schäfer nickte.

»Wie…?«, doch mehr war Frau Schäfer nicht in der Lage zu fragen.

Die Kommissare setzten sich nun auf das geräumige Sofa, das über Eck stand und einen Großteil des Raumes ausfüllte. Es war in grau gehalten, ebenso wie die restlichen Möbel. Ein großer Fernseher dominierte das Zimmer. Nur ein paar Plastikblumen in Orange und Pink gaben dem Raum etwas Farbe. Dennoch wirkte er nicht kalt und ungemütlich.

Mönning war bemüht, die Fakten, die zu Leans Tod geführt hatten, auf das Nötigste zu beschränken.

»Unserem Kollegen hatten Sie heute früh angedeutet, dass Lean schon seit drei Tagen nicht mehr daheim geschlafen hat. Ist das üblich innerhalb der Woche? Haben Sie sich keine Gedanken gemacht?«

»Das ist normal, zumindest bei uns, wir verstehen uns derzeit nicht so gut mit unserem Sohn. Manchmal schleicht er dann spät abends ins Haus und geht direkt in sein Zimmer, um Streit aus dem Weg zu gehen.«

Mönning nickte aufmunternd.

»Er ist in einer schwierigen Phase, wie alle Jugendlichen«, erklärte der Vater, »er hat sich an der IGS mit anderen Jungen angefreundet, die ständig Verbotenes tun.« Er machte eine Pause, überlegend wie offen er sein sollte. Aber seine Frau nahm ihm die Entscheidung ab.

»Neulich wurde Lean mit den Fleischer–Jungen erwischt, als sie Schnaps geklaut haben. Wir wurden zur Polizei bestellt. Nachdem wir die Kosten beglichen hatten und Lean versprochen hatte, dass es eine einmalige Tat war, durften wir ihn mit heim nehmen. Im Auto schimpfte Lean dann, dass wir doch alle Kapitalisten seien und der Schnaps viel zu teuer verkauft würde. Mein Mann erinnerte ihn daran, dass er mit 17 überhaupt keinen Schnaps trinken dürfe. Da kam die nächste Tirade, dass der Staat sein Volk durch überflüssige Gesetze unterjoche und er selbst entscheiden könne, was er trinke.«

»Ein ‚solange du deine Füße unter meinen Tisch stellst‘, hab ich mir verkniffen«, gestand der Vater, »darauf hat er nur gewartet.«

»Sie sprachen eben von den Fleischer–Jungen«, setzte Kramer nach.

»Die beiden Söhne von unserem Schlachter. Der Große macht im nächsten Sommer Abitur, der Jüngere geht in die Parallelklasse von Lean, kriegt aber wohl seinen Abschluss nicht, sagt die Bäckersfrau. Mit wem Lean sonst noch befreundet war, wissen wir nicht«, antwortete Frau Schäfer.

Mönning war inzwischen aufgestanden und hatte sich die Photos im Regal genauer betrachtet. Ein Bilderrahmen nahm er heraus.

»Lean?«

Die Mutter nickte.

»Hübscher Junge«, fuhr Mönning fort, »er hatte doch bestimmt eine Freundin?«

»Hier ist kein Mädchen gewesen.«

Kramer holte ihr Handy heraus und zeigte der Mutter ein Bild von Jenny. Doch sie schüttelte den Kopf.

Mit einem Wisch war das Bild von Justin zu sehen. Es war immerhin ein Versuch. Doch auch der war unbekannt.

Mönning bat noch darum, den Laptop des Sohnes mitzunehmen. Bei dieser Gelegenheit inspizierten die Kommissare das Zimmer des Jungen. Alles lag im Zimmer quer Beet herum: Klamotten, Bücher, leere Pizzaschachteln. Um zum Laptop zu gelangen, ohne auf etwas zu treten, hätte Mönning einen Parcoursführerschein gebraucht. An den Wänden hingen Bilder von Che Guevara und Fidel Castro und eine rot–schwarze Fahne.

Frau Schäfer schien es sichtlich peinlich zu sein, dass sie zumindest vorher die Kartons nicht weggeräumt hatte.

»Ich hab Zimmerverbot«, sagte sie leise.

»Das wäre gut, wenn das so bliebe, bis die Spusi hier war und nach Spuren jeglicher Art gesucht hat. Auch die Kartons liegen lassen! Vielleicht hatte Lean ja doch Besuch hier«, bat Kramer.

»Zimmerverbot«, zwinkerte Mönning und erhaschte ein leichtes Lächeln von Frau Schäfer.

XXXIII

»Ich brauch dein Laminiergerät«, begrüßte mich Benny, der direkt vom Garten in die Küche zu mir trat.

»Mit oder ohne Pommes?«, fragte ich zurück.

»Mit und rot/weiß.«

Tja, wer blöde Fragen stellt, kriegt ehrliche Antworten.

»Kommen deine Brüder gleich auch?«

»Keine Ahnung, die sind noch mit Jenny auf dem Hasefriedhof und wollen das Grab von Mösers Tochter suchen.«

»Okay, dann jetzt nur 2 Portionen. Den Rest gibt's nachher. Das Laminiergerät steht in meinem Atelier. Aber schließ die Tür hinter dir wegen Peppermint!«

Zum Glück hörte Benjamin auf mich.

Wieso hatte ich mir eingebildet, einen freien Nachmittag zu haben? Unsere Villa verkam zu einer Jugendherberge.

»Und die Folien?«

»In der obersten Schublade.«

Die Tür schloss sich wieder. Dann öffnete sie sich wieder. Ein Maunzen.

»Tante Lisa meinte nicht, dass ich dich einschließen soll, sondern ausschließen. Und ich will auch kein Katzenfell auf meinem Spiel. Das würde Möser bestimmt nicht gefallen.«

»Mit wem redest du?«

»Peppermint wollte beim Laminieren helfen.«

»Und?«

»Nun ist sie sauer auf dich, weil ich sie rauswerfen musste.«

Klar, immer bin ich schuld.

»Schneidemaschine?«

Ruhig bleiben, Lisa von Suttner!

»Hängt an der Wand, hinter dir!«

Zack, die Tür war wieder zu. Die Tür öffnete sich. Ein Fauchen.

»Ist nicht meine Schuld! Und ich will kein Fell in der Schneidemaschine. Geh zum Katzenfrisör!«

»Peppermint?«, fragte ich.

»Yipp!«

Ich schmunzelte.

»Pommes sind fertig«, rief ich hoch.

Die Tür öffnete sich. Stille.

»Ich kann nicht«, rief Benny, »Peppermint sitzt vor der Tür und sieht sauer aus, da komm' ich nicht dran vorbei.«

Gute Katze!

Ich schüttelte die Dose mit ihren Lieblingsknuspertaschen und wie ein Blitz stand Peppermint in der Küche. Benny brauchte etwas länger.

*

Am Nachmittag trudelten auch David, Jakob und Jenny ein. Jenny hatte Photos vom Friedhof gemacht und zeigte sie mir.

Mein Herz ging auf, denn dort waren Johnny und ich uns das erste Mal begegnet. Sie hatte einen Mord an einer älteren Frau zu untersuchen, die sich bis neben das Grab meiner Großmutter geschleppt hatte. Der Auffindeort war nicht weit genug abgesperrt worden, so dass ich die Blümchen auf das Grab meiner Großmutter legen konnte, was Johnny damals auf die Palme brachte. Und nun waren wir beste Freundinnen geworden, neben Mia.

Das vermeintliche Grab von Jenny war, nicht weit des Eingangs, durch den ich gerne von der Süntelstraße auf den Friedhof ging, der mit den beiden Vasen. Von dort in der rechten Ecke waren an den Wänden viele Grabsteine, davor ein frei stehender Grabstein. Und zum Gedenken eine Infotafel für Johanna Wilhelmina Juliana ‚Jenny'

von Voigts, geb. Möser. Sie war 1749 in Osnabrück geboren und am 29.12.1814 auch hier gestorben. Beerdigt war sie auf dem Hasefriedhof, dicht neben den Abekens. Das Grab selbst war zum Ende des 2. Weltkrieges durch Bomben zerstört worden. Das Portrait von Jenny auf der Infotafel schickte Jenny gleich weiter an ihre Klassenkameradin Caro, die sich um die Mode seinerzeit kümmerte.

»Diese Haube ist ja so scheußlich und altbacken«, lachte Jenny, »dass sie so überhaupt 'n Mann gefunden hat.«

»Das war der Wunsch der Familie, dass sie den fürstlichen Rat Johann Gerlach Just von Voigts geheiratet hat. Ihr Opa wollte das. Ihre Ehe blieb kinderlos«, referierte Benny.

»Knirps, du schon wieder«, stöhnte Jakob.

Doch Benny zückte seine Karten, die er mittags laminiert hatte. Auf der Rückseite thronte überall Mösers Kopf.

»Es ist ein Memory«, sagte Benny stolz und drehte die erste Karte um.

»Wann wurde Tochter Jenny geboren?«, las Jakob.

»5. Juni 1749«, rief Jenny.

»Jetzt müsstest du nur noch die passende Karte finden«, erklärte Benny.

»Wann begegnete Möser Gotthold Ephraim Lessing das erste Mal in Pyrmont? Ist wohl nicht die Karte, die ich brauche«, gab Jenny zu.

»Offen lassen, wir spielen mit offenen Karten!«, bestimmte David.

»1766«, hatte Jakob schon gegoogelt und drehte um.

»25. Oktober 1746«, las er.

»Steckenpferdreiten?«, lachte Mia.

»Nicht schlecht. Aber es war die Hochzeit Mösers mit

Juliana Elisabeth Brouning in St. Katharinen«, verbesserte Benny.

»St. Katharinen?«, fragte Mia, »wo Mösers Opa doch in St. Marien Pastor war.«

»Die haben da doch um die Ecke gewohnt«, mischte ich mich ein, »Hauptschule Innenstadt.«

»Das ist nur zum Teil korrekt«, Benny wurde immer mehr zum Professor, »vom Bürgerhaus Markt 26/27, zogen sie zur Hasestraße, danach erst zur Hakenstraße 5 und dann 11. Es ist wahrscheinlicher, dass die Ehefrau Bezug zu St. Katharinen hatte. Sie brachte die Aussteuer mit und sie brachte auch die Gemeinde mit. Und die Aussteuer war nicht ganz ohne.«

»Ach«, tat Mia ganz interessiert, »das musst du genauer erzählen.«

»Nun ja, so viel weiß ich auch noch nicht, aber ich habe mich neulich an eine Führung drangehängt. Eine Klasse stand vor dem Geburtshaus von Möser und ging danach noch in die Marienkirche, wo der Grabstein von Möser und seiner Frau an der Wand hängt. Die haben keinen neuen, sondern einen gebrauchten...«

»Da waren wir übrigens noch nicht intensiv genug«, erinnerte ich.

»Danke für den Einwand. Jedenfalls schien dieser Martin...«, setzte Benny neu an.

»Luther?«, fragte Mia.

»Nein, Siemsen!«, fuhr Benny fort.

»Martin, kenn ich. Wollte ich euch schon längst vorschlagen, dass ihr ihn mal im Remarque–Friedenszentrum besucht. Er hat dort sein Büro und ist eine Koryphäe was Möser angeht«, schlug ich vor.

CONIUGI
per XXXXI.Annos
CARISSIMÆ
Be.G.IUL.ELISAB.BROUNING
N.I. OCT. MDCCXVI.
D.XXXI.MAII. MDCCLXXXVII
VIVUS SUPERSTES
IUSTUS MOESER
N.S.L.P.
PATRI
IUSTUS MOESER
SERENISS.PRINCIPI EPISC. OSNABR.A CONSIL.
IUSTIT. INT. ET REFERENDARIO INTIMO
PATRIÆ. ADVOCATO ET ORDINIS EQUESTRIS SYNDICO
NAT. XIV. DEC. MDCCXX. D.D.VIII.IAN. MDCCXCIV.
FILIA UNICA
IOHANNA WILHELMINA IULIANA MOESER
NUPTA DE VOIGT
CUM MARITO SUO
IOH.ERLACH.IUST.DE VOIGT CONSIL. ET FORÉST
OSNABR. MAGISTRO
POSUIT.

Benny blieb ganz ruhig:

»Richtig, was immer eine Korifee ist, der Typ hat's drauf. Der erzählt so, dass man nicht weghört. Jedenfalls war das früher mit dem Erben etwas anders als heute. Zum einen hatten die damals sowieso mehr Kinder. Die Söhne bekamen Haus und Hof oder Gut und die Mädels bekamen eine Aussteuer zur Heirat und damit waren sie die dann los. Finanziell. Also war es auch gut, Töchter reich zu verheiraten. Und selbst, wenn sie die letzte als Nonne ins Kloster geben wollten, war das nicht umsonst. Kinder waren eine teure Angelegenheit damals.«

»Sind sie heute immer noch«, stöhnte Daniel, der Pizzen und Pasta aus der Trattoria am Rathaus mitgebracht hatte.

XXXIV

Freese hatte bereits mit der Schulleitung in Bramsche telefoniert und für Kramer und Mönning einen Termin vereinbart. Der Rektor hatte es sogar ermöglicht, dass die Klassenlehrerin Frau Jutta Becke beim Gespräch anwesend sein konnte. Sie berichtete, dass die Klassenkameraden völlig erschüttert auf die Nachricht reagiert hatten, dass einer ihrer Mitschüler gewaltsam zu Tode gekommen war.

Frau Becke beschrieb ihren Schüler Lean als klug, kreativ, aber auch pubertär reaktionär. Er hing in letzter Zeit viel mit dem Fleischer-Jungen aus der Nachbarklasse herum, aber wohl eher, weil Lean den größeren Bruder Max anhimmelte. Der war ebenso klug und beide diskutierten oft über notwendige politische Veränderungen. Moritz hingegen war eher resistent in seiner Bildungsferne. Er würde im Sommer eine Ausbildung zum Schlachter beginnen. Und bis dahin würde er möglichst viel Alkohol in sich hineinschütten.

Das war ein klares Bild, das die Lehrerin inoffiziell hatte. Unterschreiben würde sie ihre offene Wortwahl so nicht.

Kramer bat darum, die Klassenkameraden kennenzulernen. Doch das war gerade nicht möglich. Ganz Bramsche war unterwegs, um das große Möser–Fest vorzubereiten. Alle Schüler*innen der 10. Klassen hatten als Arbeitsauftrag, das Fest zu bereichern. Natürlich wusste Frau Becke nicht von allen Schülern, womit genau sie sich befassten, aber sie mühte sich, es zusammenzufassen:

»Irina und ein paar andere Schüler sind im Tuchmachermuseum und bereiten einen Workshop zum Weben von Tuch vor. Konstantin stellt einen neuen Stempel der Gilde her, es muss ja alles seine Ordnung haben. Er ist künstlerisch begabt, aber keiner wollte ihn mit in seine Gruppe aufnehmen.«

Sie lächelte verlegen.

»Mathilda und Jana haben eigene Pferde und filmen nun den Ritt, wie Möser ihn vielleicht von einem Treffen mit den Tuchmachern weiter nach Altbarenau erlebt haben könnte. Das neue Gut wurde erst später gebaut, als Altbarenau zu klein wurde und auch verfiel. Familie von Bar ist weit verzweigt im Landkreis.«

»Und dann reiten sie diese wunderbare alte Lindenallee zum Gut«, schwärmte der Schulleiter, »die Bäume könnten aus Mösers Zeit stammen.«

»Mathilda und Jana wollten sogar noch bis Gut Hünnefeld und Ippenburg, aber das ist ein Tagesritt, das guckt sich ja niemand im Film an«, lachte sie.

»Aber Sie wollen vermutlich eher wissen, was die Combo Fleischer–Schäfer vorhaben. Nun, Moritz will Möser–Bier brauen, hat er getönt. Lean hat sich mit den politischen Zuständen während des 7jährigen Krieges befasst. 1757 besetzten französische Truppen das Hochstift Osnabrück, dann ein Jahr darauf die englisch–preußische Allianz, `59 wieder Einmarsch der Franzosen, darauf dann die Alliierten. Lean wollte forschen, welche Rolle Möser spielte.«

Frau Becke war auf alle Fälle voll im Bilde.

Kramer und Mönning waren bereits im Begriff zu gehen und hatten auch schon einen Termin vereinbart, an dem die komplette Klasse zu sprechen war, als Frau Becke noch nachsetzte:

»Wir spielen die Zeit mit allen 10Klässlern nach, an einem Wochenende im September. Alle sind verkleidet wie damals, jeder seinem Stande entsprechend. Wir bringen unsere Gäste ins 18. Jahrhundert. Es ist wie ein Larp-Spiel, vom Absolutismus in die Aufklärung. Wir haben durch Ludwig XIV., Sturm auf die Bastille in Frankreich, viele französische adelige Flüchtlinge in Osnabrück, die nicht besonders beliebt waren. Zu Gast sind auch Peter der Große und Katharina die Große aus Russland, die die Leibeigenschaft der Bauern rechtlich verankerte. Die waren natürlich nicht in Bramsche, aber sie verkörpern die Zeit. Und dazu ein Möser, der in seinem Intelligenzblättchen nachfragt, ob hier im Kreis Osnabrück die Leibeigenschaft abgeschafft werden sollte. Das wollte der Adel natürlich nicht. So kam es auch erst gar nicht zu der Vorlageschrift.«

»Bestimmt sind Sie nicht nur Klassenlehrerin sondern auch Expertin in Geschichte«, schmeichelte Mönning.
Frau Becke lächelte ihn leicht errötet an.

XXXV

Moritz Fleischer stand in der Garage hinter dem Haus und versuchte ein Bierbrau–Rezept umzusetzen.

»Ach, Kundschaft«, freute er sich, als er Kramer und Mönning sah.

Mönning hielt seinen Dienstausweis hoch, so wie es im Film immer war.

»Oberkommissar Mönning, meine Kollegin Kramer. Sie sind Moritz?«

»Und nicht vorbestraft!«, lachte der.

»Dank dei`m Vatter«, seine Mutter stand bereits im Türrahmen.

Das wäre eigentlich Mönnings Einsatz gewesen, der Frau die Hand zu halten und ihr ihren guten Wurstgeschmack anhand ihrer Figur zu bestätigen. Doch Frau Fleischer war jung, gertenschlank und perfekt gestylt. Mit Ihren Fingernägeln hätte sie das Schaschlik direkt aufspießen können. Nur auf dem Kopf trug sie ein kleines Schiffchen mit dem Metzger–Logo, das sie als Fleischfachverkäuferin auswies.

»Frau Fleischer«, grüßte Mönning freundlich, »wir würden Ihrem Sohn gerne ein paar Fragen stellen über seinen Freund Lean. Und da ihr Sohn noch nicht volljährig ist, wäre es wundervoll, wenn Sie dabei sein könnten.«

»Ach, Sie kommen gar nicht wegen der Schnapsfabrik von Moritz?«, lachte sie, »Im Moment ist er noch alleiniger Tester. Wenn er es überlebt, gehen wir damit in Großproduktion. Ich kann diesen toten Schweinegeruch schon lange nicht mehr ab.«

Für Frau Fleischer musste Mönning unbedingt eine neue Schublade öffnen. Sie war so ganz anders. Und als sie dann noch verriet, dass sie Veganerin sei und es verheimlichen musste, da sie in diesen Familienbetrieb vor zwanzig Jahren eingeheiratet habe, krachte Mönnings altes Schubladendenken mit lautem Krawums ein. Damals musste sie wählen: Mann und Schwein oder kein Schwein und kein Mann. Und ihre Söhne seien auch so, der eine ein Schwein, der andere ein Mann.

Mönning baute bereits an einer sehr ausgefallenen Schublade.

»Lean Schäfer«, fand Kramer zurück zum Ausgangspunkt.

»Jau, is `n Freund«, antwortete Moritz.

Kramer drohte der Geduldsfaden zu reißen.

»Dein Freund ist tot!«

Pipi stieg in Moritz' Augen. Er war eindeutig geschockt.

Auch Frau Fleischer musste um Fassung ringen. Doch sie sah Mönnings Beobachtungsgabe.

»Nee, Herr Kommissar, in den SOKOs hat die Frau dann immer `n Verhältnis mit dem gutaussehenden Freund des Sohnes. Vergessen Sie es! Ich liebe kein Schwein, aber immer noch meinen Mann.«

Mönning gestaltete die Schublade weiter mit Insignien aus. Die Ikone käme vermutlich nach ihrer nächsten Offenbarung.

Danach erzählte Moritz alles, was ihm zu seinem Freund einfiel. Dass Lean in seine Parallelklasse ging und sie sich so kennen gelernt hatten. Dass Lean eigentlich viel mit seinem Bruder politisierte. Dass sie den Schnaps klauen wollten, aber doch nur für die Möser– Destillation.

XXXVI

Die nächste Team–Sitzung. Der Tote hatte einen Namen: Lean Schäfer. Kramer ergänzte noch die Fleischer–Brüder als Freunde. Zu Leans Eltern ergänzte sie, dass der Vater im Tuchmachermuseum tätig war und die Mutter in der Stadtbibliothek stundenweise aushalf.

Aber eine Verbindung zu Justin Vogts gab es nicht. Er blieb verschwunden.

Kramer wollte die Fälle bereits voneinander trennen, doch Hunevald hielt an seiner Theorie, dass Justin der Täter sein könnte, fest. Doch weder sein Laptop noch die Überprüfung seines Handys hatten irgendetwas ergeben. Der letzte Anruf war ein Tag nach der Ermordung von Lean Schäfer eingegangen, nur gut eine Minute lang. Die Mutter behauptete nach wie vor, dass nicht ihr Sohn angerufen hatte, sondern der Finder des Handys. Dem hatte sie zwar ihre Adresse gegeben, aber er hatte das Mobil nicht eingeworfen. Es war auch nicht mit der Post gekommen. Fest stand nur, dass es ausgeschaltet war. Vermutlich war der Akku leer, aber vielleicht war es auch bewusst abgeschaltet worden, um nicht geortet werden zu können. Sobald es sich wieder irgendwo einloggen würde, wüsste die Polizei Bescheid.

Hunevald hatte sich währenddessen noch mit dem Messer auseinander gesetzt. Ein Freund hatte ihm gesagt, dass es sich um ein Messer aus dem Mittelalter handeln könne. Doch seine Recherchen ergaben, dass diese Messer auch nachgebaut wurden. Hörschemeyer konnte zwar die Form der Klinge bestimmen, nicht aber das Alter, da keine Metallsplitter im Körper der Leiche gefunden wurden. Henderson hatte inzwischen den Tatort bestimmen können, in einem Seiteneingang in der Hasestraße. Das Blut dort stammte eindeutig vom Opfer. Andere Spuren gab es dort nicht. Bei der Obduktion hatte Hörschemeyer mehrere Stiche ausmachen können und vermutete, dass der erste Stich nicht der tödliche war und sich das Opfer möglicherweise vom ersten Tatort wegbewegt habe. Das bestätigte auch die Spurensicherung, die Blutspuren vom Domplatz zur Hasestraße gefunden hatte.

Frage war nun, wie die Leiche von dort zur Hase gekommen war, denn es gab auf dem Weg keine weiteren Blutspuren. Ebenso fraglich war, ob es sich hier um einen Einzeltäter handelte oder vielleicht um mehrere Täter.

Hörschemeyer, der wie Henderson per Videoschaltung an der Teambesprechung teilnahm, favorisierte eine Zweierlösung, denn Justin und Lean waren etwa gleichgroß und der Täter war wenigstens 10 cm größer, so der Einstechwinkel. Oder der Täter habe erhöht gestanden.

»Oder Justin war nur Helfer«, versuchte es Kramer.

»Schubkarre?«, warf Hunevald ein.

»Oder Auto«, antwortete Henderson, »wir haben im Umkreis keine Schubkarre gefunden. Auch nicht bei Justin daheim. Aber so ein Teil kann überall abgestellt werden. Die Nadel im Heuhaufen…«

»Der Scapin ist doch ein durchtriebener Kopf und weiß zu allem Rat.«, sprach Mönning.

Alle drehten sich zu ihm.

»Aus: Harlekin, genauer Harlekins Heirat. Ein Theaterstück von Möser, genauer ein Nachspiel in einem Aufzuge. Es stammt von 1764, wurde aber erst 1798 gedruckt und mit in das Essay aufgenommen. Man scheint mit uns – im doppelten Sinne – eine Posse zu spielen«, lachte er und zitierte, »Die Kunst, allen Menschen ein paar Hörner oder lange Ohren zuzusetzen, die ebendas aufgrund angemaßten Scheins, dem kein adäquates Sein entspricht, verdienen, bildet nicht nur das Wesen Harlekins, sondern Möser selber hat sie sich in seinen Schriften zeigen gemacht.«

Hunevald wollte gerade eine Grundsatzdiskussion über Mönnings geistigen Zustand starten, doch Kramer wies ihn mit einer flachen Handbewegung einmal am Hals lang, dass er gefälligst seinen Mund halten sollte.

»Ihr müsst es selbst lesen. Möser ist nicht leicht zu definieren. Und wir haben hier schon zwei Schulen in Stadt und Land, die sich aufgrund des 300. Geburtstages dieses Herrn mit all seinen Facetten beschäftigen. Und anscheinend die Bramscher noch viel intensiver, weil Möser den Tuchmachern gegenüber sehr wohlwollend war. Jedoch nicht ohne an seinen eigenen Gewinn zu denken. Die Verbindung zwischen den beiden Jungen ist Möser. Sie müssen sich nicht wirklich gekannt haben, aber sie hatten beide dieselbe Idee und haben Möser beide nur zu einem Bruchteil gelesen. Möser war ein Patriot, aber kein Nazi. Und doch haben sich anscheinend beide Jungen soweit in Mösers Patriotische Phantasien hineingesteigert, dass sie in ihren reaktionären Gedanken zu weit gedacht haben.«

Freese nickte zustimmend:

»Wir konzentrieren uns auf die Literatur, die sie genutzt haben. Bibliotheken, Buchhandlungen, befragen die Klassenlehrerinnen noch mal.«

»Vergesst google nicht«, stichelte Hunevald.

Doch Mönning drückte ihm das Büchlein ‚Harlekin oder die Verteidigung des Groteske–Komischen' von Dieter Borchmeyer in die Hand:

»Macht komischer!«

XXXVII

Zum Bürgerpark war er zuerst einfach ohne Nachzudenken gelaufen. Er hatte überlegt, ob er direkt zur Polizei gehen sollte. Doch hätte man ihm geglaubt? Mit einer Sprühflasche in der Tasche? Als nächstes wollte er einfach nach Hause. Doch dann so weitermachen, als wäre nichts geschehen? Er hatte einen Mord beobachtet. Und er hatte nicht geholfen. Er hatte sich fürs Laufen entschieden und nicht mehr gedacht. Seine Füße schmerzten. Immerhin hatte er aber festes Schuhwerk und eine warme Jacke, denn die Nächte waren kalt. Nachts hatte er sich in einer Scheune versteckt. Ohne zu wissen, wo er war. Vielleicht sollte er umdrehen. Und dann?

Von etwas Geld in der Hosentasche konnte er sich zumindest Kekse und Cola kaufen, aber mit der Kapuze tief im Gesicht. Vielleicht wurde längst nach ihm gefahndet. Wieso hatte er bloß sein Handy verloren? Es war einfach aus der Hand gerutscht. Zu ärgerlich. Er könnte seine Mutter anrufen. Jenny.

Schwer atmend saß er auf einem Stein. Das Gefühl, sich falsch entschieden zu haben, schnürte ihm den Hals zu. Aber er hatte einen Mord gesehen.

Wann würde dieser Albtraum vorbei sein? Wenn der Mörder gefasst war? Oder wenn der Mörder ihn gefasst hatte?

XXXVIII

Mönning kam mit einem Gefühl innerer Zufriedenheit nach Hause. War er doch einst der Außenseiter im Team gewesen, der alle Vorurteile zu erfüllen schien, so hatte er nun diesen Platz an Hunevald weitergegeben. Der junge Spunt riss mitunter sein Maul zu weit auf, arbeitete aber konstruktiv. Er würde seine Hörner schon noch abstoßen und irgendwann würde es einen neuen Jungspunt geben. Mia saß in ihrem Arbeitszimmer an der Nähmaschine. Neben ihr eine junge Frau. Mönning konnte ihr Alter schlecht einschätzen, hatte das Gesicht aber schon mal irgendwo gesehen.

»Guten Abend, Herr Mönning«, begrüßte sie ihn.

»Caro und ich arbeiten an ihrer Möser–Collection«, erklärte Mia.

Nun wusste Mönning wieder, wohin er das Mädchen stecken musste. Sie war Schülerin am Rats, aus der Klasse von Justin. Woher auch immer Mia diese Information hatte, dass sich dort jemand mit Mode befasste, es konnte ihm nur hilfreich sein.

»Tee?«, fragte er.

»Uwe«, lachte Mia, »Caro ist kein Kind mehr. Wir nehmen eine Weinschorle, wie es sich für das 18. Jahrhundert gehört. Bei mir wenig Wasser, bitte. Und irgendwer müsste Caro nachher noch nach Hause bringen.«

Mönning bediente die beiden Damen nach ihrem Belieben und setzte sich mit einem alkoholfreien Weizen dazu.

»Das hätte damals aber bestimmt keiner getrunken«, ulkte Caro.

»Damals wärst du aber auch auf deinem Pferd oder in einer Kutsche nach Hause gefahren«, lachte Mönning.

»Ich kann nicht reiten!«, gab Caro zu, »aber wir schneidern gerade ein Kleid für ein Mädchen gekleidet wie vor 300 Jahren, in dem sie auch reiten kann.«

»Caro nimmt inzwischen Aufträge entgegen und schneidert auch für andere«, erzählte Mia stolz.

Die Nähmaschine schnurrte. Wieso hatten sie eigentlich keine Katze? Oder keine Kinder? Nun, die würden nicht schnurren, aber das Haus beleben. So schnurrte nur Mias Nähmaschine unterbrochen von ihrem Kichern und ihrer Begeisterung, wenn etwas passte.

Mönning nickte weg und durchlief die Tage noch einmal im Traum. Als Mia und Caro fast um das fertige Kleid tanzten, schreckte er hoch:

»Ich hab einen Jungen kennen gelernt, der destilliert Möser–Bier. Destilliert!«

»Ach, Moritz von Fleischtreu«, lachte Cora.

Blitzschnell war Mönning wach.

»Wie? Du kennst ihn?«

»Nein. Aber er geht wohl in die Klasse oder so von der Jana, für die das Kleid ist. Jana von Bar. Erst dachte ich, die geben sich da alle so'n adeligen Namen. Aber die scheint wirklich blaues Blut zu haben, zumindest arrogantes.«

»Moment«, Mönning kramte in seinen Unterlagen, » Mathilda und Jana drehen ein Video, ein Ritt vom Tuchmachermuseum zum Gut Altbarenau. Kennst du

Jana?«

»Sie hat mich besucht, damit ich ihre Maße nehmen konnte. Sie wollte mir die erst durchgeben, aber ich schneidere doch nicht für 'ne Bulemistin, die dann hinterher behauptet, ich hätte das Kleid zu eng genäht oder sie hätte sich da dann noch reingekotzt. Ich messe und ich schneidere. Allerdings hat Mia es erst zu einem adeligen Kleid gemacht.«

»Quatsch. Du hast Talent und ich nutze dich aus«, sagte Mia.

Mönning hakte noch wegen des Möser-Biers nach, doch Caro wusste nur: Bramsche-Tratsch.

XXXIX

Hunevald machte eine tiefe Verbeugung.

Mönning sprach: »Was will Er, mein guter Freund?«

Hunevald verbeugte sich noch tiefer.

Mönning sprach: »Bücke Er sich so lange, bis Er müde wird, und dann kann Er mir sagen, was Er zu sagen hat. Die jungen Leute gewöhnen sich das jetzt so an, daß sie einem die Zeit mit tausend Komplimenten verderben. Wenn man in meiner Jugend zu einem Mann im Amte ging: so machte man ihm einen einzigen Bückling und kam dann zur Sache. Das war gute Mode; dabei sollte man es lassen.«

Hunevald: »Hochedelgeborener und Gestrenger…«

Mönning: »Damit geht schon wieder eine Minute hin.«

Hunevald: »Sie erlauben großgünstig…«

Mönning: »Wieder eine Minute.«

Hunevald: »Daß ich mir die Freiheit nehme…«

Mönning: »Noch ein Wort von solchem Schlage, und ich prügle Dich zum Dinge hinaus.«

Hunevald: »Ich komme, Herr Mönning, weil ich gelesen habe.«

Amüsiert saß Kramer im Teamraum und lauschte den beiden Hähnen.

»Wir kürzen ein bisschen ab«, versprach Hunevald, » Harlekin will eine Tochter des Barthold und will sie überleben, um ihre Witwenrente zu sparen. Barthold ist einverstanden, immerhin hat ihm seine Frau 27 Kinder in 27 Jahren zur Welt gebracht und starb ohne, dass er ihr Gift beimischen musste. Der Vater willigt ein, wenn er auf der Hochzeit saufen kann. Und Harlekin will sie, wenn der erste Sohn wie er aussieht. Aber eigentlich fragt er ja erst einmal an, denn er ist sich nicht sicher, ob sie noch...«

»Jungfrau ist«, beendete Kramer.

»Vielmehr geht es um Dummköpfe der Zeit, wie auch heute noch«, erklärte Hunevald, »es hat mich belustigt, das Stück zu lesen: Ein ehrliches Mädchen, das einen Mann auf Probe nimmt, muß ihn hernach immer behalten... und dann muss er sein Schwert übergeben und das Theater weiterspielen.«

»Und, was haben wir daraus gelernt?«, fragte Freese im Türrahmen stehend.

»Dass Möser schon witzig war.«

»Wir haben einen Notruf von Frau Vogts – eher weniger witzig, keine Nachricht, nur das SOS mit ihrer Nummer. Die Streife ist schon unterwegs, aber ihr solltet trotzdem rausfahren.

*

Frau Vogts wurde gerade von einem Notarztteam untersucht. Sie hatte Prellungen und wirkte äußerst hysterisch. Der Notarzt wollte ihr ein Beruhigungsmittel spritzen, doch sie schrie ihn nur an.

Als sie Kramer und Mönning sah, wurden ihre Schimpfwörter massiver. Kurz darauf setzte Mönning ihr einen tiefschwarzen Kaffee mit sehr viel Zucker vor die Nase.

»Wenn wir Ihren Sohn finden sollen«, sagte Kramer ruhig, »brauchen wir jetzt jede kleinste Einzelheit!«

XL

Er lief und lief und lief. Irgendwann war er gen Osten bis Buer gelaufen. Und nun wusste er, wo sein Ziel sein würde.

Seine Tante lebte auf Gut Ostenwalde, nur kurz hinter Melle–Buer. Das Gut grenzte direkt an die Hauptstraße. Direkt davor hielt eine Buslinie. Er blickte sich um, immer wieder, ob ihm auch niemand gefolgt war. Seine Tante lebte in einem der Nebengebäude des Guts. Früher waren sie viel hier gewesen. In der Mitte zurückgesetzt lag das Rittergut der Freiherren von Vincke, ein zweigeschossiges Haus mit kleinen Treppchen und Türmchen. Dahinter ein wundervoller Garten. Im Park neben dem Gut befindet sich die Orangerie, die mitunter auch für Ausstellungen genutzt wird. Er hatte diese Ausstellungen langweilig gefunden, aber er liebte den Park und den Brunnen darin. Manchmal hatte er dort mit seiner Cousine Fangen gespielt.

Die berühmteste Zeit hatte das Herrenhaus vermutlich, als Marshall Montgomery es von 1945 bis 46 bewohnte. Justin hatte davon zwar im Geschichtsunterricht mit Beendigung des 3. Reiches gehört, aber der Rest war ihm egal.

Wichtig war nun seine Tante. Sie war keine Adelige, aber sie kümmerte sich um Haus und Hof und wusste immer Rat. Dass er darauf nicht eher gekommen war.

Freudig nahm ihn seine Tante in den Arm. Er konnte ihr alles, wirklich alles anvertrauen, ohne dass sie an seinen Worten zweifelte. Sie kochte für ihn, und er schlang es hinunter als hätte er sich seit Tagen nur von Keksen und Cola ernährt. Und das hatte er ja auch.

Und sie hatte noch eine gute Nachricht für ihn. In der alten Wäscherei wurde nun ein Ferienhaus eingerichtet. Es war noch nicht komplett fertig, doch war das Bad schon benutzbar und das Bett aufgebaut. Den Kühlschrank musste man nur noch anschließen. Schnell hatte sie auch Bettzeug herbeigezaubert und das Bett frisch bezogen. Er ließ sich auf das Bett fallen. Es fühlte sich wieder nach Leben an. Justin Vogts war nicht mehr auf der Flucht, sondern lag in einem Himmelbett.

*

Nachdem Justin versorgt worden war und obwohl sie eigentlich versprochen hatte, seine Mutter nicht zu benachrichtigen, hielt ihr Herz es nicht mehr aus. Sie rief ihre Schwester an, um zu sagen, dass es Justin gut ging und er auf Gut Ostenwalde erst einmal zur Ruhe kommen würde. Er hätte etwas von einem Mord erzählt, den er beobachtet hatte und sei deswegen geflüchtet. Es hätte alles sehr wirr geklungen, aber sie würde ihm glauben.

Doch leider war ihre Schwester nicht daheim und so quatschte sie alles auf den Anrufbeantworter.

Ihre Schwester war daheim. Es hatte gerade an der Tür

geklingelt, als auch das Telefon klingelte. Frau Vogts hatte sich für die Tür entschieden. Vor ihr stand ein junger, gutaussehender Mann mit einem Handy in der Hand.

»Ach, das Handy, das mein Sohn verloren hat« freute sie sich und bat den jungen Mann ins Haus.

Er fragte nach Justin, aber Frau Vogts wusste nicht, wo er war. Sie klagte dem jungen Mann kurz ihr Leid. Da sprang auch schon der Anrufbeantworter an mit der Stimme von Frau Vogts' Schwester. Die Mutter erkannte plötzlich die Gefahr, in der sie steckte. Sie wollte zur Terrassentür rennen, doch der Mann hielt sie fest und warf sie zu Boden. Er band ihre Hände auf dem Rücken mit einem Kabelbinder zusammen und zog aus seiner Tasche Panzerband, um ihr den Mund zu verkleben. Sie wehrte sich nicht, sondern blieb regungslos liegen. Dennoch versetzte er ihr noch einen Hieb ins Gesicht und trat in ihren Bauch. Sie wimmerte erst, als sie die Haustür ins Schloss fallen hörte. Ihr Handy steckte in der hinteren Hosentasche. Sie versuchte es zu packen. Es fiel auf den Boden. Blind versuchte sie eine 110. Gefühlt brauchte sie mehrere Versuche, bis irgendwann eine Stimme sprach, die sie zwar nicht richtig verstehen konnte, sie aber ein angstvolles Stöhnen hervorbringen ließ.

Jetzt war sie doch dankbar, dass die Polizei ihren Sohn in Verdacht hatte.

XLI

Mein Handy klingelte.

Benny.

»Sind meine Brüder bei dir?«

»Und wenn?«

»Ich habe eine fantastische Entdeckung gemacht.«
Ich stellte mein Handy auf laut und legte es auf den Wohnzimmertisch.

»Ich bin gerade mit Mads unterwegs, sind raus bis nach Gretesch und was entdecken wir?«

»'Ne Eisdiele?«, fragte Jakob.

»Idiot! Hier ist ein Großsteingrab. Und wer hat sich schon im 18. Jahrhundert dafür interessiert?«

»Wahrscheinlich war es Lessing«, lachte Jakob.

»Nein! Es waren einige bekannte Geschichtsforscher, unter ihnen der bedeutende und weithin bekannte Osnabrücker Jurist Justus Möser. Und über den Transport dieser großen Steine hat er irgendwas schriftlich festgehalten, steht hier. Info-Tafel.«

»Ich bitte Nerd-Benny nie wieder etwas zu erforschen«, grunzte David im Hintergrund.

»Aber mit seinen Ideen hättest du schon fast 'n Doktor«, gab ich zurück.

»Benny, mein Handy klingelt. Tschüss!« Es war keine Ausrede.

»Hi, Mia bei dir?«, fragte Mönning.

»Nee!«

»Wo steckt sie?«

»Weiß nicht. Wollte mit Caro zu dieser Jana, das Kleid hinbringen.«

»Was gibt's?«

»Ich darf dir nicht sagen, dass wir wissen, wo Justin steckt.«
Ein lautes Jauchzen ging durch unser Haus.

XLII

Er fühlte sich so wohl. Sooo wohl wie schon lange nicht mehr. Er hüpfte durch das Bett und er nahm das Bier aus dem Kühlschrank, ohne dass es wirklich gekühlt war. Er machte innerlich Purzelbäume. Er war frei. Er war gerettet. Er war in Sicherheit.

Er schaute aus dem Fenster.

Da kam seine Tante auf das Haus zu. Direkt hinter ihr kam das Gesicht, das er am Domhof gesehen hatte, das er in der Hasestraße gesehen hatte, das ihn gesehen hatte, welches er zu vergessen versuchte. Aber es hatte ihn nicht vergessen. Es hatte seine Tante im Schwitzkasten.

Was sollte er tun? Sich ihm in den Weg stellen und seine Tante retten und vermutlich selbst draufgehen? Wobei, so kalt wie er dieses Gesicht erlebt hatte, würde es sie beide umbringen. Oder sollte er türmen?

Er hörte seine Tante schreien:

»Justin! Lauf!«

Dann fiel sie blutend zu Boden.

Justin wagte den Weg nicht mehr aus der Haustür, die auf das offene Gelände zum Herrenhaus zeigte. Er entschied sich für das Küchenfenster Richtung Park. Und dann lief er. Wieder lief er. Er hatte noch seine Schuhe und Jacke gegriffen, doch noch lief er auf Socken.

Hinter dem Gut führte ein Weg hoch Richtung Felder und Wald und kurz davor stand ein kleines Häuschen. Justin kletterte hinauf und zog sich die Schuhe an. Ein letzter Blick zurück. Seine Tante lag in der Einfahrt zum Herrenhaus. Mehr konnte er nicht sehen. Dann hörte er Geschrei. Ob es vom Herrenhaus oder woanders her kam, konnte er nicht ausmachen. Laufen war nun die Devise. Die Gegend war hügelig, bergauf, bergab. Aber er erinnerte sich an seine Kindertage mit seiner Cousine. Er kannte sich ein bisschen aus. Er kam zu einem hohen Zaun.

»Ah, Sauenpark«, dachte er.

Er war schneller als vermutet vorangekommen oder hatte die Entfernung in falscher Erinnerung. Er blickte sich um. Kein Verfolger. Das konnte gut sein, oder auch nicht. Von seiner Cousine wusste er eine Möglichkeit in den Park zu kommen, ohne die touristischen Wege zu nutzen. Immerhin gehörte dieser Park noch mit zum Gut Ostenwalde. Die Stelle war noch da. Doch bevor er sich auf die andere Seite des Zauns begab, horchte er. Keine Schritte, kein Motorengeräusch in der Nähe. Die Dämmerung setzte ein. Hier im Wald konnte er schlecht übernachten. Da reichte eine Sau mit Frischlingen. Das war keine gute Idee. Ihm fiel nur die Dietrichsburg ein, der höchste Punkt der Meller Berge. Inzwischen gab es dort wieder ein vornehmes Restaurant. Das wusste aber vielleicht auch sein Verfolger. Das Restaurant hatte geschlossen. Niemand schien dort zu sein. Es parkte auch kein Auto davor.

Irgendwie in den Wehrturm zu gelangen, war vermutlich keine brillante Idee. Er war ja auch nicht Dornröschen, die von dort gerettet würde. Er ruckelte an den Türen. Alles verschlossen. Nur zum Keller hin gab es eine Tür, die sich leicht öffnen ließ. Hier standen leere Wasser- und Colakisten und Berge von leeren Weinflaschen. Was hatte er erwartet? Einen gedeckten Tisch? Immerhin war es hier trocken. Und er würde hören, wenn jemand die

Treppen hinabsteigen würde. Zum Niederschlagen gab es
hier auch genug Material. Und so begab er sich in einen
wachen Dämmerzustand.

XLIII

Viola von Vincke war direkt aus dem Haus gestürzt, als
sie ihre Nachbarin in der Schlosseinfahrt zusammen sin-
ken sah. Der Rettungswagen war schnell vor Ort und
konnte die Verletzte ins Krankenhaus bringen. Ansprech-
bar war sie in dem Moment nicht gewesen und es war zu
hoffen, dass sie die Verletzungen überleben würde.

Frau von Vincke hatte vorher einen großen Mann gesehen, der in Richtung Ferienhäuschen ging, dachte aber
dass das der Neffe sei, der sich dort für ein paar Tage ein-
nisten sollte. Er war halt groß und schmal und trug einen
dunklen Pulli mit der Kapuze ins Gesicht gezogen.

»Das könnte der Täter gewesen sein«, fasste Kramer bei
der nächsten Teamsitzung zusammen.

Aber es war nicht absehbar, was Justins Tante wahrge-
nommen hatte. Auch Justins Mutter konnte den jungen
Mann nicht beschreiben. Er sah sympathisch aus. Den
Rest hatte ihr der Schreck aus der Erinnerung gepustet.
Keine Zeugen, kein Phantombild – nichts. Kramer rauch-
te der Kopf.

»Möser!«, warf Mönning ein. »Es ist ein Mensch, dem
Möser am Herzen liegt, sonst würde er nicht so brutal re-
agieren. Wir müssen die Jugendlichen noch einmal befragen.« Und dabei blinzelte er Kramer verschwörerisch zu.

XLIV

Kramer klärte noch kurz mit dem Schulleiter die Formalitäten und die Notwendigkeit, jeden Schüler, der sich mit dem Leben Mösers auseinanderzusetzen hatte, einzeln zu befragen, was allerdings hieß, dass die Klassenlehrerin an der Befragung teilnehmen sollte, stellvertretend für die Eltern.

Kramer und Mönning empfingen die Jugendlichen in einem gemütlichen Raum, der sonst der Sozialarbeiterin zugedacht war. Beigestellt war ihnen eine Photografin, die von jedem ein Photo machte. Das sollte hinterher der leichteren Zuordnung dienen. So schafften sie bis zur Mittagszeit gerade 35 junge Männer, die – lächelnd – erst einmal ihre Begeisterung für dieses großartige Thema bekundeten. Bis Frau Kassmeyer sie mit erhobenem Finger ermahnte:

»Nicht lügen!«

Alle wussten ab da, dass es hier nicht um ihre Einschätzung zu ihrer Hausarbeit über Möser ging, sondern um ihren Mitschüler Justin.

Von Suttner, die nun eingespannt war, hielt sich im Hintergrund und photografierte jede Person dezent. Wenn sie mehr als ein Photo machte und lächelnd »verwackelt« kommentierte, dann passte das äußere Erscheinungsbild zu den Angaben von Frau von Vincke. Einen jungen Mann photografierte sie mehrfach im Profil und entschuldigte sich damit, dass er Ähnlichkeiten mit dem von Möser hatte.

Aaron lachte: »Sie sind ja lustig. Ich will Schauspieler werden, da übernehme ich von jedem das Profil. Und nun ist es notgedrungen Möser. Aber Sie haben ein gutes Auge!«

Damit zwinkerte er von Suttner zu.

Und damit fiel auch er aus der Liste der Verdächtigen, denn er hatte von Suttner auf frischer Tat ertappt. Sie fand ihn ausschließlich photogen.

Mittags brachte der Schulleiter Kaffee und belegte Brötchen aus dem Kohlenkeller, dem Bistro der Schule. Er erkundigte sich nach dem Stand und brachte eine Hiobs–Botschaft. Nachdem alle Mädchen mitbekommen hatten, dass die Jungen von einer professionellen Photografin abgelichtet wurden und hinterher sogar den Abzug bekämen, wollten sie auch vor die Linse. Frau Kassmeyer hob nur unschuldig die Achseln und lächelte.

Von Suttner versprach, übermorgen mit einer Modedesignerin wiederzukommen. Das würde die Mädchen beschwichtigen. Mönning schmunzelte.

Während der servierten Brötchen kam es zur ersten Gefühlslage von Lisas Bauchgefühl.

»Heute Nachmittag hab ich die Photos ausgedruckt, damit könnt ihr Justins Mutter konfrontieren. Aber mein Gefühl sagt, dass es niemand von hier war, niemand den Justin kannte. Sonst hätte er ihn vielleicht verpfiffen oder spätestens bei seiner Tante etwas gesagt.«

»Was er seiner Tante gesagt hat, wissen wir noch nicht. Und seine Mutter muss nicht alle Jungen kennen, selbst wenn es diese Jahrbücher gibt. Gerade jetzt verändern sich die Jugendlichen.«

Mönning vergewisserte sich, wie viele Jungen noch fehlten. Es waren zwei krank und Tim würde mit seinen 1,60m vermutlich nicht in Frage kommen. Dennoch bestand er auf sein Photo.

Auf dem Weg nach Bramsche bescherte Kramer ihrem

Kollegen Freese die Speicherkarte, um die Photos ausdrucken zu lassen. Hunevald würde dann zu Frau Vogts fahren. Von Suttner bekam eine neue Speicherkarte für die Schüler der IGS Bramsche. Auch der Schulleiter war sehr kooperativ und hatte für den Nachmittagsunterricht ein weiteres Profil in den Unterricht aufgenommen. Thema: Möser.

Moritz Fleischer begann die Konversation:

»Na, Sie kennen mich doch schon. Ich bring' meinen Freund nicht um! Wäre er an meinem Destillate gestorben, das wäre ein Arbeitsunfall gewesen. Aber ich stech' den doch nicht ab!«

Von Suttners Bauchgefühl war mit ihm d'accord. Er war ein Schlachter, aber kein Schlächter.

Konstantin erklärte noch mal aufwendig seinen Gilde–Stempel mit dem Möser–Kopf darauf. Kramer bat ihn, den Stempel genauer zu verifizieren, und er verlor sich im Tuchmacher–Zeitalter.

»Hier ging es um eine Gewerbepolitik, Infrastruktur. Möser wollte regionales Gewerbe schützen. Lieber 1 Taler hier als 5 woandershin. Das geht doch den regionalen Buchhändlern und Fleischereien heute wieder so.«

Von Suttner schoss noch ein Profilbild.

»Sie meinen also, werter Herr Konstantin, dass Möser eine durchaus schützenswerte Persönlichkeit war?«, fragte Mönning.

Konstantin blickte verwirrt.

»Keine Ahnung. Auf meinem Stempel kommt er gut weg.«

Von Suttner schwankte. Er war schlagfertig, aber wohl eher unschuldig. Dennoch war er schlank und knapp

1,90m groß.

»Was denken Sie zur Leinwandverordnung durch Clemens August?«, fragte Mönning.

»Genau und Ludwig XIV. oder doch Ludwig XVI. wollte den Absolutismus abschaffen«, antwortete Konstantin.

»Sie weichen aus. Die Bramscher fanden die Verordnung nicht passend«, korrigierte Mönning.

Frau Becke blickte den Hauptkommissar fragend an.

»Also, ich hab' meine Hausaufgaben gemacht!«, sagte Mönning lässig.

Als Nächstes informierte Sergej, dass er wollte machen in KFZ. Aber damals nur Kutsche, schlecht für Geschäft.

Frau Becke schaute ihn böse an.

»Okay, ich heiße Sascha und schraube gerne an Autos. Falls Sie mal 'n Problem haben... mit Ihrer Karosserie, ähm Ihrem Auto«, zwinkerte er. Er schaute genauer auf Kramer und ergänzte:

»Oder sonst wie...«

»Sascha!«, ermahnte Frau Becke.

Lisa machte mehrere Photos von ihm. War er verdächtig oder attraktiv?

»Also ehrlich, Möser ist nicht meins. Ich liebe Autos, keine Kutschen. Aber wenn der Gaul von Jana liegen bleibt, bin ich gern zur Stelle«, lachte er.

»Herr Sascha«, versuchte Kramer professionell zu klingen, »erstens: wo waren Sie am Montag zwischen 16 und 22 Uhr? Und zweitens: was spielen Sie im Möser–Larp?«

»Erstens, Frau Oberhauptkommissarin, war ich in meiner Garage und hab an der Möser–Kutsche geschraubt. Ich hab auf den Anruf von Jana gewartet, der kam aber nicht. Und wenn Sie weiter fragen wollen. Ja, ich liebe

Jana. Aber da bin ich nicht der einzige. Ich stell mich hinten an. Und wenn keiner nach mir kommt – und darauf achte ich – bin ich der Sieger. Und damit wissen Sie auch, was ich im Larp spiele: den Kutscher. Ich fahre Janas Cousin durch die Gegend. Einen Adeligen. Ob ich das gut finde? Holen Sie mir einen Eimer zum Kotzen!«

Kramer wusste nicht, wie viele Photos von Suttner inzwischen von diesem Kandidaten gemacht hatte. Ja, er passte ins Profil, aber wohl auch ins Photographinnen–Profil.

Melvin berichtete über »Möser und seine Frauen«. Er hatte vermutet, dass er nach drei Seiten fertig sei. Doch bedurfte es bereits 1,5 Seiten über die Mutter, dann weitere 2,5 über die Ehefrau und bei der Tochter war er gerade bei Seite 17.«

Frau Becke lächelte.

»Der ist ja irgendwann nur noch mit Jenny rumgereist. Und sie muss alles kommentieren – typisch Frau.«

Frau Becke lächelte breiter.

»Frau Becke, wir müssen das Thema noch mal eingrenzen!«, forderte er.

»Melvin, wo warst du am Montag zwischen 16 und 22 Uhr?«

»Bestimmt nicht mit Jenny unterwegs!«, antwortete er.

»Melvin!«, sagte Frau Becke forsch, »das ist hier kein PKW–Bausatz!«

Melvin wurde unsicher. Er wurde rot. Er bekam Schweißperlen im Gesicht.

»Ich… ich…ach scheiße… ich hab geguckt, wohin Jana geritten ist.«

»Und?«, fragte Mönning.

»Nach Hause. Gut Neubarenau.«

Frau Becke reagierte eher passiv. Erst als Melvin den Raum verlassen hatte, erklärte sie, dass Melvin schon ewig von Jana träumte. Er hätte nie eine Chance. Janas Vater hätte darauf zwar keinen Blick, aber ihr Cousin, der zwei Jahre älter und kurz vor dem Abi war. Und der wohnte auf Neubarenau, nicht Jana.

Lionel trat in den Raum, groß und sportlich.

»Ich bin bei der freiwilligen Feuerwehr«, begann er, »deswegen hab ich nach Bränden zur Zeit von Möser gesucht. Und in der Tat gab es im Jahr 1781 eine große Feuersbrunst in Bramsche, der nahezu die gesamten Vorräte der Tuchmacher zum Opfer fielen. Bereits 1767 hatte Möser den Tuchmachern auch aufgrund einer neuen Gildeordnung einen zinslosen Kredit gewährt, damit sie ein Lagerhaus bauen konnten. Und nun gab es durch seine persönliche Bürgschaft ein erneutes Darlehen, um die Krise zu überwinden. Das könnte sich so manch einer in Hannover und Berlin zu Gemüte führen. Regional heißt die Devise, nicht billig!«

Frau Becke nickte.

»Dafür hat die Stadt Bramsche ihm einen eigenen Platz gewidmet«, erklärte sie.

»Frau Becke, das ist wie Klatschen für Krankenschwestern! Hier geht es um mehr ehrenamtlichen Einsatz!«, damit verließ Lionel erhobenen Kopfes den Raum.

Karl erklärte als nächstes den aktuellen Aktienkurs, der vor 250 Jahren natürlich noch mit Aktien und Schuldscheinen, mit Geldleihen und Zinsen ablief. Karl hatte bereits eine powerpoint zu aktuellen Finanzlage im Vergleich zu damals angelegt und legte sie übereinander.«

Frau Becke wollte protestieren.

»Karl, das kannst du doch in dieser Form gar nicht miteinander vergleichen!«

»Oh, doch, Frau Becke«, grinste er, »mein Vater ist bei der Volksbank und hat mir genau erklärt, dass die Ritterschaft durchaus klamm war, dass sie verschuldet war. Sie mussten sich immer wieder Geld leihen und mit Zinsen zurückzahlen – auch damals! Umso wichtiger war, dass der Adel in der Ritterschaft verblieb. Doch dafür brauchten sie kein Schwert. Sie brauchten einen astreinen Stammbaum. Nur wenn sie 16 Ahnenschaften nachweisen konnten – nicht irgendwelche vor 500 Jahren, sondern 16 adelige Ururgroßeltern – und ein ritterschaftsfähiges Gut, konnten sie sich für die Ritterschaft qualifizieren. Kam es zu unehrenhafter Vermählung, dann war man raus. Da müssen sie mal intern Mathilda fragen. Sie reitet zwar mit Lisa rum, aber sie forscht nach einer unehrenhaften Beziehung von einer Dame von Bar. Es gibt da so einen Krimi von einer ich–kann–nicht–alles–wissen–weiß ich nicht.«

Zum Glück holte er auch einmal Luft.

»Herr Karl, wo waren Sie am Montag in der Zeit zwischen 14 und 22 Uhr?«

»Bei meinem Vater in der Volksbank. Ich mache gerade ein Praktikum.«

»Wo?«

»Hier in Bramsche. Ich durchleuchte alle Konten, die einst mit Möser zu tun hatten. Ich bin nicht hinter Jana her – hab ja auch besseres zu tun!«

Karl war ein Blender, dennoch schoss von Suttner mehrere Profil–Photos von ihm. Kramer sah sie fragend an. Doch die Photographin überreichte dem jungen Mann ihre Karte:

»Falls Sie einmal gute Promotion oder nur gute Bewerbungsphotos brauchen, scheuen Sie nicht, mich zu kontaktieren!«

Es war von Suttners Wortwahl, die ihn aufhorchen ließ. Er blickte auf die Karte:

»Ah, Sie sind auch adelig – hätte ich längst merken müssen.«

»Ich habe Ihnen ja nicht mein Blut als Kondoleszenz gereicht«, damit reichte die Photographin ihm seine Hand zum Kusse.

Und er tat es. Ein Kuss bis zu 5cm Abstand und verabschiedete sich.

Von Suttner schüttelte ihre Hand.

»Der ist nur ein Möchte–gern, außerdem sehr gefährlich. Wenn er behauptet, nicht in Jana verliebt zu sein, dann nur, weil er keine Chance hat«, erklärte Lisa, »und er kann kein Latein! Misericordia – Mitgefühl bei Leid anderer haben. Hat er definitiv nicht!«

Als nächstes eröffnete Ben Schmidtmann, dass er im Larp einen Enkel von Möser spielen würde. Seine Tochter Johanne Wilhemine Juliane hatte selbst keine Kinder bekommen können und sich deshalb um die Kinder der Schmidtmanns gekümmert. Die Frau des Rittmeisters war früh gestorben und so hatte sich Jenny um die drei Mädchen gekümmert. Natürlich sei er vermutlich kein Nachfahr, wenngleich seine Forschungen anderes ergeben hatten, der Name war jedoch identisch. Deswegen habe er sich über diese großzügige warmherzige Frau informiert.

Ben war groß und schmal. Sein Enthusiasmus galt aber

nicht Möser, sondern seiner Tochter.

Es folgte Frederic, der beim Larp einen Leibeigenen spielen würde. Nichts anderes mache er ansonsten auch. Vormittags verbringe er die Zeit mit Halbidioten, die weder der deutschen Rechtschreibung noch des Kleinen 1x1 fähig seien. Außerdem würden alle von Jana träumen, einer Adeligen ohne Vermögen. Völlig zu hoch gegriffen. Um in ihrem Stand zu bleiben, würde sie vermutlich diesen Oberidioten Steven van de Bergen nehmen, nur weil der Name sich zumindest adelig anhörte. Tja und seine Nachmittage verbringe er im Netto–Markt, Kisten auffüllen, Plastikflaschen zermatschen, zu einem Hungerlohn. Aus der Leibeigenschaft seien wir doch lange noch nicht heraus.

Sein Profil passte, seine Einstellungen gegenüber des Absolutismus und Kapitalismus gehörten aber eher auf die revolutionäre Seite von Lean.

Also, Steven van de Bergen. Er entstammte dem verarmten niederländischen Adel. Ja, er würde beim Larp einen Adeligen spielen, aber einen hochverschuldeten, der bei Möser Geld leihen wolle. Möser wäre ein harter Verhandler, nicht nur ein guter Jurist auch ein guter Financier. Jana von Bar? Er grinste. Sein Interesse galt Hugo Hammerstein. Natürlich hieße der nicht wirklich so, aber im Spiel.

Hugo Hammerstein alias Elias Molotok war ein großer junger Mann mit kräftigen Oberarmen. Er achtete auf sein Äußeres und kam sehr respektvoll herüber.

»Ich spiele im Larp den Stallburschen von Steven. Uns ist nichts Besseres eingefallen. Tatsächlich setze ich mich mehr mit der Familie von Hammerstein auseinander. Die leben jetzt noch auf Schloss Gesmold – aber wie alle total normal. Auch sie sind Möser natürlich begegnet. Mein Nachname kommt aus dem Russischen und heißt Hammer, da war der Rest Zufall. Zum Glück war Frau Becke mit meinem Thema einverstanden.«

Er lächelte sie an und sie zurück.

Es ergab alles wenig Sinn.

Selbst Mönning gab seinen Fehler zu.

Und irgendetwas bohrte noch in von Suttners Kopf herum. Sie konnte es nur noch nicht benennen.

Immer wieder war diese Jana aufgetaucht, anscheinend ein Bindeglied. Sie wollte sie kennen lernen.

Jana passte in die Schublade Reiterin. Sie hatte langes blondes Haar zu einem Pferdeschwanz gebunden, der immer hin und her hüpfte. Sie trug eine blaue Jeans und darüber eine karierte Bluse. Ihr Körper war schlank und durchtrainiert. Sie wirkte weder überheblich, noch eingebildet, sondern hatte eine jugendlich frische Art.

Sie würde beim Larp eine Adelige spielen, eine von Bar von Gut Altbarenau. Sie selbst lebte mit ihrer Familie in Bramsche, aber ihr Pferd war nicht weit entfernt. Sie liebte reiten. Ihre Ausarbeitung wolle sie mit juristischen Fragen zu den von Bars füllen. Bei Antworten über Möser kam sie allerdings ins Schliddern.

Frau Becke verdrehte die Augen, denn Jana und Politik wie jegliche Form von Wirtschaft passten nicht zusammen. Mönning bemerkte die Reaktion und intervenierte in dem Moment.

»Tschuldige Jana, ich merke, dass ich von all den Gesprächen sehr unkonzentriert werde. Das hast du aber nicht verdient. Ich brauche dringend einen Kaffee oder ein Möser–Bier«, lachte er, »Frau Berke, ob ich Sie bemühen dürfte?«

Umgehend stand sie auf, denn auch sie spürte, dass sie bei diesem Gespräch hinderlich war.

»Ach, das trifft sich mit meinem Bedürfnis, mal den Raum zu wechseln.«

Kaum hatte die Koordinatorin den Raum verlassen. Setzte Mönning anders an.

»So, Jana, alles was du sagst, bleibt zunächst unter uns. Alles was deine Facharbeit angeht, bleibt garantiert unter uns.«

Jana zierte sich noch einen Moment, doch dann verstand sie, dass es ausschließlich um Lean ging.

»Sie verpetzen mich nicht wegen der Facharbeit?«, sicherte sie sich noch ab.

»Das musst du mit deinem Gewissen klären«, gab Mönning zurück und lächelte aufwärmend.

»Mich interessiert dieser ganze Kram von vor 300 Jahren nicht«, gab sie zu, »aber wir machen es mit, weil es Noten gibt und Bramsche ein bisschen wächst. Vielleicht gibt es demnächst mehr Besucher im Tuchmachermuseum. Aber auf Gut Neubarenau wollen wir nicht noch mehr Spaziergänger.«

Kramer nickte.

»Wen interessiert denn dein Thema der Facharbeit?«, fragte Mönning.

»Ich hätte lieber was über Pferde geschrieben. Oder wie lange es dauerte mit dem Pferd oder der Kutsche von B nach A zu kommen, also Bramsche nach Altbarenau. Meine Mutter hat mich da voll unterstützt. Aber meinem Vater war es zu mädchenhaft. So kam mein Cousin Mag-

nus ins Spiel. Er hat mit seinem Jurastudium begonnen. Er hat bei einem anderen entfernten Onkel in der Kanzlei in den Karteien geschnüffelt und konnte viele Infos über Möser und die von Bars von damals abgreifen. Wenn ich irgendwann zu meiner Facharbeit mündlich befragt werde, fliege ich sofort auf. Aber mein Onkel sponsert hier in Bramsche viele Events, auch das Tuchmachermuseum und finanziert Magnus' Wohnung auf Neubarenau und…«, erklärte sie.

»Du magst Magnus nicht?«, hakte Mönning nach.

»Doch, der ist schon cool. Hat 'n tollen Sportwagen, sieht gut aus. Er ist sogar schlau. Aber auch arrogant. Trotzdem schwärmen alle Mädchen von ihm und da bin ich als Cousine dann schon stolz. Eigentlich bin ich ihm auch dankbar, dass er mir zu einer guten Note verhelfen will. Aber ehrlich gesagt, wäre mir eine ehrliche eigene 3 lieber als eine gelogene 1.«

»Macht Magnus beim großen Möser–Larp auch mit?«

»Ja, er spielt Hugo von Bar. Dann muss er auch mal aufs Pferd. Er darf dann hochnäsig durch Bramsche reiten und die Bürger grüßen. Und mit Möser trifft er sich auf ein Glas Wein, um einen neuen Schuldschein zu unterschreiben oder so ähnlich.«

Frau Becke betrat mit einer Thermoskanne Kaffee nun wieder den Raum. Sofort war Janas Offenheit wie versteinert.

»Danke Jana«, gab Mönning sie frei, »ich bin auf dein Kleid gespannt. Meine Frau hat Caro beim Nähen unterstützt.«

»Das würde ich gerne photographieren«, sagte von Suttner.

Jana bekam ein wenig Röte ins Gesicht.

»Gibt es schon ein Photo?«, setzte die Photographin nach.

Sie zückte ihr Handy.

»Gibt es auch ein Bild mit Magnus zusammen? Oder hat er noch keine passende Kleidung?«, fragte von Suttner weiter.

»Es ist in der Mache. Leans Mutter schneidert es. Aber sie hat bestimmt gerade andere Sorgen. Ich kann Ihnen nur so ein Bild zeigen«, erklärte Jana. Damit strich sie über das Handy und zeigte kurz darauf einige Photos ihres Cousins.

Von Suttner blickte kurz hoch zu Kramer, dann wieder auf Magnus.

»Was für ein gut aussehender junger Mann, er sollte nicht Jurist sondern Model werden. Oder er könnte sich nebenbei so sein Studium finanzieren. Könntest Du mir das Bild auf mein Handy senden und auch seine Kontaktdaten?«, von Suttner war im Photographenmodus.

Kurz zierte Jana sich, schickte dann aber das Photo samt der Handynummer rüber. Irgendwie war sie doch stolz auf ihn.

»Und wir machen auch noch einen Termin aus!«, setzte von Suttner nach.

Jana lächelte und ging.

Vor der Tür wartete noch Laurentin. Er entschuldigte sich vielmals, da er ja erst Schüler der Klasse 9 war und eigentlich keine Facharbeit schreiben musste. Doch seine Schwester Sabrina müsse es. Sie beide zusammen hätten sich auf die Wappen dieser ganzen adeligen Familien konzentriert. Sabrina hätte sie abgezeichnet, denn das sei ihre Gabe. Und er habe sie entschlüsselt, wer mit wem verheiratet worden war. Diese Wappen gäben Auskunft über den Stammbaum einer Familie.

»Sabrina bekommt dazu eine eigene Ausstellung im Tuchmachermuseum«, erklärte Frau Becke stolz.

Bevor Laurentin noch richtig loslegen konnte, stand Mönning auf.

»Herzlichen Dank, Herr Laurentin. Ich freue mich auf die Ausstellung deiner Schwester. Du darfst bestimmt zu Recht stolz auf sie sein.«

Laurentin nickte und verließ den Raum.

Mönning sah Kramer und von Suttner fragend an. In Anwesenheit von der Koordinationsleiterin wollte allerdings noch keiner etwas in den Raum werfen.

Da erreichte Kramers Handy eine SMS. Freese:

‚Das Leichentuch könnte aus Bramsche kommen'

»Gibt es außerhalb des Tuchmachermuseums derzeit jemanden, der Leinen nach damaligen Standards herstellt?«, fragte Kramer.

»Ich weiß nicht. Ich weiß nur, dass sich derzeit mehrere Frauen im Tuchmachermuseum treffen, weil sie Leinen herstellen wollen und dann auf dem Markt verkaufen wollen«, überlegte Frau Becke.

»Und? Haben alle einen Schlüssel zu den Webrahmen?«, hakte Mönning nach.

»Nu ja, eigentlich hat Herr Schäfer, also Leans Vater die Schlüsselmacht. Aber derzeit kriegt wohl jeder 'n Schlüssel, der sich ausweisen kann, mit den Webrahmen umgehen zu können«, erklärte sie.

Selbst über Fingerabdrücke kämen sie hier vermutlich nicht wirklich weiter.

Kramer strich sich mit den Händen einmal quer durchs Gesicht. Sie fühlte sich müde und leer. Und aus Gut Ostenwalde und Melle kam auch nichts Neues. Stillstand.

XLV

Benny langweilte sich mit dem Solo-Memory Möser. Jakob und David schwänzten das Nachmittags-Meeting. Und Jenny schien inzwischen zur Familie zu gehören. Sie war oft und gerne bei uns. Immerhin gab es hier mittags eine warme Mahlzeit und immer genug zu lachen. Ich war mit meinem Nudel-Auflauf in der Küche beschäftigt. Plötzlich stand Jenny im Raum und schaute. Sie schaute, blickte sich um, schaute noch einmal und verfiel in lautes Lachen.

»Lisa, Sie verpacken die Lasagne und Nudelaufläufe gleich in diese Boxen und behaupten, sie seien von Lorenzo? Den Unterschied wird jeder schmecken!«

»Ich bin ja nicht blöd«, gab ich zu verstehen, »ich sag ja nicht, dass sie von der Trattoria kommen. Sondern von irgendwoher.«

»Wollen Sie den Geschmack der anderen erforschen oder Ihre doch vielleicht nicht so schlechte Kochkunst?« Ich zuckte mit den Armen.

»Darf ich?«, fragte sie und hatte schon den ersten Kochlöffel in der Hand. »Hmmm, nicht schlecht. Aber es fehlen ein paar Kräuter, Estragon, Oregano, auch Salz…« Im Nu stimmten wir alle Gerichte ab und verpackten sie dann in kleine Boxen, die es gab, als alle zum verspäteten Mittag eingetroffen waren.

Alle schienen zufrieden, keiner motzte über das Essen.

Als ich später wieder allein mit Jenny in der Küche stand, meinte sie:

»So ähnlich wie Sie stelle ich mir auch Jenny von Voigts vor. Sie beherbergen hier alle gerne, unterhalten sich gerne, lachen gerne. Jenny konnte keine Kinder kriegen. Ich meine, dass ich gelesen hätte, dass ihr Mann zeugungsunfähig war.«

Sie stockte: »Warum haben Sie keine Kinder?«

Eine berechtigte Frage.

»Wir haben die Katzen und genug Pflegekinder. Und mit Dir ja ein neues. Ich glaube, ich würde gerne erst heiraten«, gab ich zu.

»Oh ja, in der Katharinenkirche wie einst Möser und seine Frau. Aber Sie sehen ja selbst, ich hüpfe schon wieder vom Höcksken zum Stöcksken. Und eigentlich wollte ich…«

Ich schob sie zurück ins Wohnzimmer. Dort hatten wir Platz.

Jenny hatte etliche Visitenkarten für Jenny Voigts vorbereitet:

Jenny Möser als Kind, Jenny von Voigts als Ehefrau, Jenny kinderlos, Jenny betreut Kinder aus Pflegefamilien, Jenny reist mit Papa zu Badeurlauben nach Pyrmont, Jenny schreibt sich mit Goethe, Friedrich Nicolai, Matthias Claudius… und einer von Bar, sie plaudert in ihren Briefen ständig aus dem Nähkästchen, Jenny trennt sich von ihrem Mann – damals!!!, Jenny tut dies und das, Jenny bringt Papas ‚Patriotische Phantasien‘ heraus. Sie macht ihn berühmt.«

Währenddessen versuchte ich, alles zu sortieren.

»Das sind wenigstens fünf Facharbeiten«, meinte Ben-

ny anerkennend.

»Dass Jenny sich um Pflegekinder gekümmert hat, hab ich in Bramsche erfahren.«

»Richtig. Dem Rentmeister, also dem Verwalter, war die Frau früh gestorben. Er musste ja arbeiten. Und Jenny hat sich um die drei Mädchen gekümmert. Das war ihre soziale Ader. Aber wenn ich die Bilder von ihr mit Haube sehe, denke ich, sie war voll die Unerotische.«

»Das macht die Kleidung«, reagierte ich.

Jenny lachte: »Das glaube ich auch. Hab ein paar ihrer Briefe gelesen. Für damalige Zeiten war sie vermutlich 'ne Rampensau!«

Benny grunzte: »Nun, soweit war das in ihren Kreisen vermutlich noch nicht angekommen. Sie war aber gebildet und belesen und konnte Korrespondenz. Eigentlich hätte sie den Gedenkstein verdient!«

»Was davon interessiert dich am meisten?«, fragte ich.

»Vielleicht ihr Begräbnis. Sie wurde 65 Jahre alt und laut der Info-Tafel am 32. Dezember 1814 begraben.«

XLVII

Der Schlaf war unruhig und auch nur kurz. Dieses Versteck schien Justin nicht sehr sicher zu sein. Jeder käme sofort auf die Idee: Dietrichsburg.

Mit den ersten Lichtstrahlen verließ er sein Quartier und lief süd-östlich. Sein Zeitgefühl war verflogen. Welcher Tag war heute?

Er erkannte den Turm Ottohöhe, von dem aus man einen wundervollen Blick über das Wiehengebirge und Richtung Melle hatte. Er lief weiter. Abwärts. Die Buersche

Straße überquerte er, viel zu gefährlich. Aber er wusste, dass er nicht weit von Eicken–Bruche entfernt war. Was wollte er hier? Wieso hatte er bloß diese Richtung eingeschlagen? Wie ging es seiner Tante? Was war mit seiner Mutter und wer war der Junge, der sterben musste. Ihm fehlte sein Handy. Die Polizei benachrichtigen? Die würden ihn doch für bekloppt erklären. Einen Mord gesehen? Vermutlich würden sie ihn in eine Ausnüchterungszelle sperren. Und wieso war er am Tatort gewesen? Na, um an das Denkmal   »Nazi« zu sprühen. Sie wollten also eine Straftat begehen und Ihnen ist jemand zuvor gekommen? Was rauchen Sie?

Justin wurde immer verzweifelter. Wo war der Ausweg? Der Ausweg aus diesem Albtraum?

Er schloss die Augen. Doch danach stand er immer noch kurz vor Gut Bruche. Er blickte bereits auf die Allee, die in ihrem ersten Grün versuchte, dem Winter zu entgehen. Erste Tulpen verdrängten die Schneeglöckchen und Krokusse. Das Leben erwachte. Doch das von Justin verdunkelte sich immer mehr.

Im Hof des Gutes erwachte ebenso ein neuer Tagesgeist kurz vor Mittag. Geschwind wurden Stehtische mit Hussen darüber auf dem Gutsvorplatz aufgestellt. Ein Auto lieferte Getränke an. Und fuhr wieder. Oberinnen. Hießen die so? Weibliche Ober? Sie bestückten die Tische mit Blümchen und Gläsern.

Ludwig von Bar, erinnerte sich Justin. Er war Advokat und würde vermutlich auch das Möser-Jahr feiern. Seine Familie konnte sich seit jeher auf Möser stützen – in beiderseitigem Einverständnis. Ob dieser Jurist ihm helfen würde? Zumal Justin ihm eine Anfrage auf einen Praktikumsplatz gestellt hatte. Vielleicht erinnerte er sich an seinen Namen. Vielleicht würde er ihm helfen.

Justin wollte nicht wirklich Rechtsanwalt werden, aber Staatsanwalt interessierte ihn schon. Das Recht für die Linken!

Er pirschte sich weiter vor...

XLVIII

Johnny tauchte bei uns auf.

»Hier riecht es gut«, stellte sie fest.

»In der Küche im Topf ist noch etwas«, reagierte Jenny. Alle blickten sie erschrocken an.

»Ja, was denn?«, verteidigte sie sich, »Lisa, sorry, Frau von Suttner kann wohl kochen! Es fehlt ihr höchstens noch die Prise oder Brise Salz. Und außerdem hofft sie, dass sie endlich 'n Heiratsantrag kriegt!«

TOTENSTILLE.

Von Suttner kam mit duftendem Teller aus der Küche:

»Den mache ich ihr nicht. Sie kann sich höchstens ein 'bei dir schmeckt es doch'-Zertifikat abholen.«

Mönning lächelte abwehrend: »Schon vergeben!«

Jenny wurde selbst mulmig, was sie da gerade losgetreten hatte.

»Wusstet ihr eigentlich, dass wenn ich Justin heiraten würde, Jenny Vogts heißen würde? Ist doch dicht dran an der Möser-Tochter, oder?«

Benny grinste gequält.

Johnny hing, während sie den Löffel im Mund festhielt, die Photos der Rats-Schüler auf.

»Frau Vogts konnte sich an keines dieser Gesichter erinnern, außer als Bekannte von Justin, aber nicht als der junge Mann, der sie geknebelt hatte. Auch ihre Schwester im Krankenhaus konnte sich an keines dieser Gesichter erinnern.«

Inzwischen hatte auch ich die Bilder aus der IGS Bramsche ausgedruckt. Einen Teil hatte ich bereits Freese gesendet. Frau Vogts kannte keines der Gesichter. Ein Kollege war noch mal unterwegs ins Meller Krankenhaus.

Immerhin hatten Henderson und Freese inzwischen herausgefunden, dass das Leichentuch aus dem Tuchmachermuseum in Bramsche entwendet worden war. Fingerabdrücke von Lean Schäfer waren eindeutig zuzuordnen. Mehr nicht. Es war also nicht klar, ob Lean das Tuch selbst aus dem Museum, indem sein Vater arbeitete, hatte mitgehen lassen oder der Täter. Doch es schränkte den Täterkreis immer mehr auf Bramsche ein.

»Kann Böhringer bitte noch mal bei dem Vater nachfragen, wer den Stoff sonst noch entwendet haben könnte«, hakte Kramer nach.

»Hat er längst. Es gibt unzählige, die Zutritt haben. Da gibt es doch sogar eine Arbeitsgruppe von Frau Becke, die da webt und schneidert«, schrieb Freese zurück.

SACKGASSE.

IL

Das Gut glänzte in der Sonne. Die alte Burg war im 17. Jahrhundert durch ein Herrenhaus ersetzt worden. Der einstige Bergfried schaute nun nur noch über den Tellerrand und stand als Turm Richtung Melle. Hier traf sich der Adel. Ehemals im Besitz der von Hammersteins, war es nun im Besitz der von Bars. 1922 hatte der Großvater Elisabeth von Pestel geheiratet. Sie war eine geborene Freiin von Hammerstein–Gesmold und hatte von ihrem Verstorbenen Gut Bruche geerbt.

Stets war hier das Gesetz zuhause, Advokate und Juristen. Sämtliche Verbrechen durften hier geahndet werden, außer Schwerstverbrechen.

Über eine Brücke über den Wassergraben gelangte Justin in die Vorburg. Die Häuser zur Rechten und Linken waren privat vermietet. Justin schaute zu den Feierlichkeiten vor dem Herrenhaus und erblickte Ludwig von Bar. Sein Retter. Trotz der Feierlichkeiten war er leger gekleidet. Allein seine Größe verlieh ihm Autorität. Aber sein Lächeln und seine Freundlichkeit verliehen ihm Authentizität.

Stolz ging Justin auf ihn zu und stellte sich vor. Der Jurist erinnerte sich sofort an seinen Namen.

»Fast wie unsere Jenny, Mösers Tochter«, lachte er beim festen Händedruck, »seien Sie Willkommen, junger Mann. Ich habe Ihre Bewerbung inzwischen genauestens geprüft. Sie können beizeiten ein Praktikum bei mir bzw. meinem Sohn absolvieren. Wenngleich Sie nicht der einzige sein werden. Adel verpflichtet – es gibt auch aus Bramsche noch weitere Anwärter, die alle beschwören, mit meiner Familie verwandt zu sein. Es hat sich nichts geändert in den letzten 500 Jahren. Doch heute huldigen wir Justus Möser, dem meine Familie viel zu verdanken hat. Ein großer Mann. Und eine großartige Tochter, die ja dann Melleranerin wurde. Ach, ich rede zu viel. Dort kommt mein Freund aus Gesmold, von Hammerstein, er arbeitet heute bei der Sparkasse. Dort drüben ist meine

wundervolle Gattin, sie hält selbstgemachten Holundersaft in der Hand, weil sie stolz auf die letzte Jahresblüte
ist«, damit entließ er Justin.

Plötzlich hörte Justin von hinten ein bekanntes Motorengeräusch. Verängstigt drehte er sich um und sah ein Cabrio die Allee hochrasen. Er erschrak. Wohin? Das Cabrio
parkte eindrucksvoll vor dem Herrenhaus. Galant sprang
ein junger Mann über die Seitentür zur Linken. Er ging
auf den Juristen zu und grüßte ihn voll Freude. Der wiederum schien überrascht, hieß aber jeden Willkommen.
Das durfte doch nicht wahr sein. Sein Peiniger! Sein Verfolger! Sein Mörder!

Justin versuchte unbemerkt hinter einem Busch zu verschwinden. Ade, Gut Bruche. Seitlich führte noch eine
kleine Holzbrücke über den Wassergraben.

Doch kaum war er auf der anderen Seite der Brücke,
musste er erneut entscheiden. Nach links über privates
Gelände oder nach rechts um das Herrenhaus herum,
aber geschützt durch Weiden. Von hinten war das Haus
auch durch einen Graben, eine Gräfte, umgeben. Justin
musste weit herum laufen. Er sah, dass sich auch auf der
großen Terrasse Gäste tummelten. Der Garten insgesamt
ein Idyll. Doch Justin konnte es nicht genießen, musste
immer im Schutz der Bäume bleiben und hoffen, dass er
nicht entdeckt wurde.

Vom Streit zwischen dem Hausherren und dem Cabrio-
Besitzer bekam Justin nichts mehr mit. Ludwig von Bar
blieb ruhig, aber bestimmend. Die suchenden Augen seines entfernt verwandten Neffen verrieten ihm, dass etwas
nicht stimmte. Ärger brauchte er bei dieser geselligen
Festlichkeit keinen. Er bat den jungen Mann zu gehen.

Der wiederum gestikulierte und schrie. Wütend lief er dann zu seinem Auto zurück, stieg ein und brauste davon.

L

»Verdammte Scheiße!«, schrie Kramer, als ihr das Glas Prosecco aus der Hand glitschte. Sie hatte gerade die SMS erhalten, dass auch Justins Tante niemanden der Schüler der IGS erkannt hatte. Es war keiner dieser Jungen gewesen. Dabei passten doch einige Profile auf die ursprüngliche Beschreibung.

Jenny wischte die Pfütze schnell auf, denn Peppermint war schon im Begriff, die Flüssigkeit aufzulecken.

»Pfui«, Benny schubste die Katze zur Seite.

»Naja, das ist relativ«, lachte Mia.

Es war gefühlt Wochenende. Unser Haus platzte fast vor Gästen und denen, die sich hier inzwischen Zuhause fühlten.

Johnny hatte ihr Glas gerade wieder aufgefüllt, als ihr Handy klingelte. Freese. Jenny sprang sofort zu ihr und nahm ihr das Glas ab.

»Freese? Neues?«, rief die Kommissarin in den Lautsprecher.

»Yipp«, kam als Antwort. Damit stellte Kramer auf Laut, damit alle mithören konnten. Das war zwar nicht ganz professionell, aber irgendwie schienen alle in diesen Fall involviert zu sein.

»Eben kam von der Polizei Melle die Mitteilung, dass Justin auf Gut Bruche gesehen worden ist. Die Anwaltsfachgehilfin hat den Jungen erkannt und sich erinnert, dass er gesucht wird. Er hat sich auch um ein Praktikum

bei der Kanzlei von Ludwig von Bar beworben und soll es im Herbst antreten. Sie hat auch beobachtet, dass der Junge mit ihrem Senior–Chef gesprochen hat. Aber sie hätten gerade ein Fest zu Gedenken Mösers und da hätte sie ihn aus den Augen verloren. Die ortsansässigen Kollegen sind schon unterwegs!«

Ein Rauschen, Freese tippte irgendetwas.

»Stimmt«, erinnerte sich Jenny, »er hat sich so gefreut, dass er eine vorläufige Zusage bekommen hat. Er ist ja ein Niemand und dann in so einer Kanzlei.«

»Wollte er nicht eben noch das Denkmal beschmieren?«, hakte Mia nach.

»Pubertät«, mischte sich Benny ein.

»Komm du da erstmal rein!«, konterte Jakob.

»Stimmt schon. Es widerspricht sich«, gab auch Jenny zu, »er wollte vor den anderen angeben. Von dem Praktikum wusste außer mir, glaube ich, nur noch Frau Kassmeyer.«

»Patriotischer Anti…«, griente Benny.

»Benjamin! Klappe!«, Jakob zog ihm eins über.

Freese meldete sich wieder:

»Justin scheint nicht mehr auf dem Gelände zu sein. Ein Zeuge behauptet, dass der Junge um den See Richtung Melle gelaufen sei. Er wirkte auf ihn panisch. Die Kollegen befragen weiter die Gäste, ein weiteres Team sucht ihn.«

»Ich weiß, wo er hin will!«

LI

Jenny hatte mit ihrer Aussage alle in Bewegung gesetzt,

obwohl das nicht sinnvoll war. Doch sie wollte das Ziel erst verraten, wenn sie auf alle Fälle mitdurfte. Da Kramer nicht mehr fahren wollte, übernahm Mönning. Und schon war auch Mia mit ins Auto gestiegen.

Jakob und Benny wollten auch bereits starten, als ich sie zurückhielt. Das war nun wirklich nicht mehr ihr Aufgabenbereich. Nur David hatte seinen Vater schnell genug überredet, der Polizei zu folgen – ohne Brüder.

Auch Hunevald war informiert worden und unterwegs. Er fuhr zum Gut Bruche in Eicken–Bruche bei Melle und schnappte sich gleich den Anwalt. Der rekonstruierte das Gespräch mit Justin Vogts. Ja, er habe etwas unsicher und aufgeregt gewirkt. Aber er habe es auf seine Persönlichkeit geschoben. Das Gespräch mit dem Jungen war dann durch die Ankunft des von Hammerstein beendet gewesen. Die von Hammersteins bewohnen Schloss Gesmold. Adel verpflichtet halt. Danach habe er den jungen Vogts nicht mehr gesehen. Bestimmt habe er sich am Buffet satt gegessen. Zum Sekt sei er nicht gegangen, denn dort habe er selbst zwei Sekt geordert. Er winkte noch seine Frau heran. Sie konnte sich an Justin nur aus der Ferne erinnern, sie hätte ihm gerne etwas angeboten. Auf sie wirkte er sehr schüchtern. Er hätte sich immerzu umgeschaut.

Hunevald bedankte sich. Er schaute sich auf dem Gut weiter um. Über die Allee war er gekommen. Er zückte sein Handy und gab den Namen des Wasserschlosses bei google ein.

1350 war das Gut gegründet worden, dann 1442 verkauft worden. Und nun wechselten sich die Adeligen ab, Nachkommen, Heirat, Verwandtschaft. Hammerstein–Gesmold und auch Bussche zu Ippenburg tauchten auf, bis 1922 der Landrat zu Melle Ludwig von Bar übernahm. Das war aber ganz sicher nicht der Herr, der eben vor ihm gestanden hatte. Aber so brauchte man das Schild der Kanzlei nicht ständig wechseln, wenn der Vorname einfach auf den Sohn übertragen wurde. Barockes Herrenhaus, Türme verändert, Wassergraben.

Er machte einige Photos vom Anwesen, von den Autos, die dort parkten, von Gästen. Da war irgendetwas.

Ein Keller trat an ihn heran und bot ihm ein Glas Sekt an. Hunevald erschrak.

»Sekt oder Führung durchs Haus?«

Hunevald starrte in zwei leuchtend blaue Augen. Ihm wurde ganz schwindelig. Doch dann tippte er schnell in sein Handy und hatte Justins Gesicht auf dem Display.

»Beides gerne später. Aber ich suche diesen jungen Mann!«

Sein Gegenüber stockte.

Hunevald zog seinen Ausweis heraus.

»Erst die polizeiliche Ermittlung«, lächelte er.

Der Kellner besah sich zunächst den Ausweis sehr intensiv, dann das Gesicht von Justin.

»Frederik Hunevald. Ja, der Typ war hier. Sexy Hintern, wenn du mich fragst. Aber er wollte keinen Sekt. Er war plötzlich erschrocken und lief über die kleine Brücke, die um den Schlossgraben führt. Ich hab ihn nicht mehr gesehen, musste ja auch arbeiten.«

Hunevald notierte sich sicherheitshalber noch die Handynummer des Kellners und versprach, sich zu melden. Dann lief er über die Brücke und um das Herrenhaus herum Richtung Melle.

*

Jenny hatte im Auto erklärt, dass sie und Justin rumgefrotzelt hatten, dass wenn sie einst heiraten würden, dabei kicherte sie lustig, dass sie dann Jenny Vogts heißen würde. Fast wie Mösers Tochter. Sie wollten dann in das Haus vor Melle ziehen, in dem die richtige Jenny von Voigts mit ihrem Mann Johann Gerlach Just von Voigts gelebt hatte. Damals war das noch vor den Toren von Melle, heute mittendrin an der Mühlenstraße.

Dass Jenny und ihr Mann sich nicht gut verstanden, nachdem die Ehe kinderlos blieb, hatte sie jetzt erst richtig recherchiert. Nach 26 Jahren Ehe hatte sie sich sogar von ihm getrennt. Das hatte sie nicht mit Justin vor.

Mönning hielt auf der Mühlenstraße vor dem einstigen Wohnhaus der Jenny von Voigts. Nur eine Tafel erinnerte daran, dass sie hier vor langer Zeit gewohnt hatte. Inzwischen war das Haus völlig umgebaut und die Meller Nachrichten unterhielten hier ein Ladenlokal. Das sah nicht nach Justin aus.

Jenny gab nicht auf. Sie stieg aus dem Auto. Das Wohnhaus hatte sie sich anders vorgestellt. Ja, es gab noch eine Treppe zum Haus hinauf, die etwas Vornehmes an sich hatte. Aber das Gebäude lag im Knick der Fußgängerzone, die keine war.

Desillusion. Sie war sich so sicher gewesen.

Sie lief in den Hinterhof des Gebäudes. Garagen, alles ein wenig schmuddelig.

»Justin«, rief sie.

»Justin«, schrie sie.

»Justin!«, jammerte sie.

Sie drehte sich in alle Richtungen. Verzweiflung.

Ein Geräusch. Jenny drehte sich.

»Bist du allein?«, flüsterte jemand.

»Justin?«, flüsterte sie.

Ein Garagentor knarzte.

»Zst!«, pfiff er.

»Johnny!«, rief sie so laut sie konnte.

Kramer und Mönning rannten in den Hinterhof. Versteckt in einer Garage entdeckten sie Justin Vogts. Justin fiel seiner Freundin in die Arme.

»Ich hab' den anderen Jungen nicht ermordet«, stammelte er.

»Wissen wir«, beruhigte ihn Kramer, »aber du hast den Mord beobachtet.«

LII

Schon auf der Rückfahrt sprudelte es nur so aus Justin heraus. Er berichtete Jenny alles, was er erlebt, gesehen, beobachtet, durchgemacht hatte.

Kramer wollte Justin eigentlich direkt aufs Präsidium bringen, um ihn dort ordnungsgemäß zu vernehmen. Jenny befand aber, dass Justin ein Recht auf eine ordentliche Pizza hätte und sie ihn auch im Hause der Photographin befragen könne. Mit vollem Magen redete es sich besser. Auch Mia unterstrich die Wichtigkeit, dass ein voller Magen für reversible Rückerinnerung konstruktiv sei. Mönning verdrehte die Augen und schickte seiner Freundin einen Luftkuss zu.

Noch während Justin die Pizza voll Genuss herunterschlang, zeigte die Kommissarin ihm Photos der Schüler der Gesamtschule Bramsche. Doch bei jedem neuen Gesicht schüttelte der Junge den Kopf.

Nun war Hunevald an der Reihe, auch er war ansatzweise in der Villa angekommen. Er zeigte Justin die Bilder, die er spontan auf Gut Bruche gemacht hatte. Er lachte, als er das Photo des Kellners sah:

»Der hat mir so auf den Hintern geguckt.«

Hunevald schluckte. Er hätte ihn fast noch abends anrufen wollen. Doch schwand sein Gefühl, dass das eine gute Idee war.

Er scrollte weiter.

»Halt«, sagte Justin und zeigte auf einen Sportwagen, »das ist sein Auto. Zumindest ist er damit vor das Gut gefahren.«

Das Nummernschild war auf dem Photo nicht lesbar. Auch Freese konnte es nicht sichtbar machen.

»Ich hab' dieses Auto schon irgendwo gesehen«, überlegte Hunevald.

»Über Marke und Farbe werden wir den Kreis bald eingrenzen können«, beruhigte ihn Freese per Handy.

»Alle Schüler?«, fragte Hunevald, »keinen vergessen?«

Ich schüttelte den Kopf. Es waren wirklich alle jungen Männer, die interviewt worden waren und die ich abgelichtet hatte.

»Stimmt nicht«, fiel mir ein, »Johnny, da ist doch noch dieser Cousin in dem Sportwagen von der einen Schülerin, die gerne reitet.«

»Jana von Bar. Ihr Cousin heißt Magnus«, erinnerte sich Johnny, »Lisa hat ein Photo von ihm von ihrem Handy.«

Ich kramte.

Es dauerte einen Moment, bis Hauptkommissarin Kramer das Bild auf meinem Handy gefunden hatte und es

Justin zeigte.

Er zitterte, ihm liefen Tränen übers Gesicht, er nickte.

Großfahndung Magnus von Bar.

LIII

Es dauerte mehrere Tage, bis Magnus von Bar gefasst werden konnte. Er war auf der Flucht gewesen. Bis Schloss Retzow in Neubrandenburg war er gekommen, entfernte Verwandte der von Hammersteins lebten dort. Magnus fuhr vor das Schlosshotel und wollte einchecken. Leider waren noch andere Rechnungen offen und so wurde die Polizei benachrichtigt.

Nach einem weiteren Tag saß er im Vernehmungszimmer des Kommissariats in Osnabrück. Kramer hegte bereits solch große Wut gegen den jungen Mann, dass Mönning und Hunevald das Gespräch mit Magnus führten. Nachdem die Formalia geklärt waren, legte Hunevald ihm ein Photo von Lean Schäfer auf den Tisch.

»Kennen Sie diesen Mann?«, fragte er.

Von Bar schaute nicht einmal darauf: »Nie gesehen.«

Nun insistierte Mönning: »Magnus, natürlich kennen Sie den Jungen, er geht in die Klasse Ihrer Cousine. Schauen Sie noch einmal.«

Nun nahm er das Bild in die Hand und schaute: »Ja, hab ich schon gesehen.«

»Er heißt Lean.«

»Aha.«

»Wann haben Sie ihn das letzte Mal gesehen?«

»Keine Ahnung. So groß ist Bramsche ja nicht. Man fährt sich immer mal wieder über den Weg.«

»Und in Osnabrück?«

»Hier soll es ja auch Straßen geben...«

Von Bar grinste.

Mönning grinste zurück:

»Wie Sie wollen. Der Eiertanz kann Stunden dauern. Aber wir können es auch abkürzen. Sie haben letzten Sonntag Lean Schäfer am Denkmal von Justus Möser angetroffen, als er das Denkmal besprühen wollte.«

»Er hat!«

»Richtig. Und daraufhin haben Sie ihn gejagt und ihm in einem Eingang in der Hasestraße ein Messer in den Arm, in den Bauch und in die Lunge gerammt.«

»Das war keine Absicht!«

»Dennoch haben Sie ein Leinentuch aus dem Museum mitgehen lassen, um die Leiche darin einzuwickeln.«

»Das war... ich nicht.«

»Wer dann?«

Mönnings Handy blitzte mit einer SMS von Henderson auf.

»Oh, ich lese gerade, dass auf dem Tuch Alkoholreste waren. Aber nicht von getrunkenem Alkohol, kein Mundabwischen oder so.«

»Sie wissen doch schon, dass es Moritz Fleischer mit seiner Destillation war«, schrie er plötzlich. »Moritz hat mir erzählt, wie sehr Lean angegeben hat, dass er das Denkmal schänden will, weil der Möser doch ein Patriot war, ein Gutbürger. Außerdem hat er immer meine Cousine angebaggert, hat Moritz gesagt. Und Moritz ist doch in sie verliebt. Aber der landet eh nicht bei ihr, so'n Proleten will sie bestimmt nicht. Moritz hat Lean über die Aktion ausgequetscht und damit wussten wir, wann und wie. Also sind wir auch hin, haben das Auto in 'ner Seitenstraße geparkt. So'n Auto fällt schließlich auf. Lean war schon auf dem Domplatz. Eigentlich wollte ich ihn nur photografieren, um ihn bloß zu stellen. Aber dann hab ich ihn angeschrien, dass der diese Verunglimpfung lassen solle. Aber er hat mich eine adelige Kapitalistensau beschimpft und zugeschlagen. Er hat angefangen! Da musste ich mich wehren. Er ist dann geflüchtet, ich hinterher. Ja und dann ist das Messer irgendwie ausgerutscht. Der andere Typ hat's gesehen. Aber den wollte ich später zur Vernunft bringen. Erst einmal musste Lean verschwinden. Moritz hatte gleich das Leinentuch zur Hand und hat ihn drin eingewickelt. Dann hat er ihn über die Schulter geschwungen, ist ja 'n Pfundskerl, ab bis zur Hase und über die Mauer. Eigentlich hat mich Moritz auch zu allem überredet.«

»Quid quaeque ideo definiendae«, beendete Hunevald das Verhör.

LIV

Wir saßen alle in unserem Wohnzimmer und jeder erzählte die Geschichte, wie Justin gefunden worden war, ein bisschen anders. Besonders David schmückte die Verfolgungsjagd grandios aus. Damit meinte er allerdings die Verfolgung des vorfahrenden Polizeiwagens.

»Fall gelöst«, sagte Daniel, »die vorerst letzte Pizza auf meine Kosten.«
Benny sah ihn fragend an:
»Aber David hat mit seiner Facharbeit doch noch gar nicht angefangen.«

»Stimmt«, protestierte auch Jakob, »unser Auftrag war ja nicht, Justin zu finden, sondern etwas über Möser herauszufinden.«

»Das habt ihr aber«, mischte ich mich ein, »David, weißt du, worüber du schreiben willst?«

Ja«, lachte er, »ich veröffentliche eine Möser–Zeitung. Sie wird ‚Neues Osnabrücker Intelligenzblatt' heißen, so wie einst Möser den Vorläufer zur NOZ ins Leben gerufen hat. Das hieß damals wirklich ‚Intelligenzblatt' und druckte lokale amtliche und private Anzeigen ab so wie die Familienchronik und Leserbriefe heute. Möser hat dafür auch eigene Aufsätze verfasst. Meist hat aber seine Tochter Jenny sich um seine Texte gekümmert und sie veröffentlicht. Und in meinem ersten Artikel schreibe ich über einen Jungen, der das Denkmal von Justus Möser mit ‚Nazi' beschmiert und deswegen ermordet wird. Der wiederum wird von einem anderen Jungen beobachtet und muss deshalb fliehen…«

»Check«, checkte Benjamin.

Thanx

Kein Ranking, aber … als erstes muss ich danken
Jens: für unsere Möser-Spaziergänge durch die Stadt und
deine Hilfe beim Umsetzen all mein skurrilen Ideen

Jule: für alle Spaziergänge, bei denen ich dich zu getextet
hab mit Möser, und das waren etliche Gänge um die
Feuchtwiesen im Schinkel. Und dann danke ich dir besonders für deine Lektorierung – sehr kritisch ;-)
Mads: danke, dass du das Großsteingrab im Gretesch entdeckt hast und du fast schon wie deine Mama mitfieberst
…
Martin (Siemsen): für all deine Zeit, die du dir genom-
men hast, um mir Möser begreiflich und (be)greifbar zu
machen – für all deine Ideen und dafür, dass du meinen
»Benny« mit seiner flapsigen Art unterstützt. Für Jugend-
liche ist Möser heute nicht die Traum–Literatur, da darf
es auch mal frecher und doch kreativ sein

Herrn Ludwig von Bar und seine sympathische Frau: Sie
haben mich so herzlich in Ihr Domizil eingeladen

Burkhard Fromme und Moni Altevogt vom Landkreis:
Ihr seid auch immer sofort begeistert von meinen Ideen
und unterstützt, wo immer es euch möglich ist.

Linx

Angefangen hatte ich ja NUR mit der Schulausgabe von 1909. Bis ich Martin Siemsen begegnet bin... :-)
Die Bücher, die er mir mitgegeben hat, war ja nur eine kleine Auswahl...

Justus Möser: Patriotische Phantasien, Sammlung deutscher Schulausgaben. Bielefeld, Leipzig, Berlin 1909
Justus Möser: Harlekin oder Verteidigung des Groteske–Komischen. In Dieter Borchmeyer (Hrsg). Neckargemünd 2000
Holger Böning: Justus Möser. Bremen 2017
Thorsten Heese und Martin Siemsen: Justus Möser 1720-1974. Osnabrück 2013
Martin Siemsen: Lesebuch Justus Möser. Köln 2017
Dr. Georg Beck, Martin Siemsen, u.a.: »Patriotische Phantasien« Justus Möser 1720-1794 Aufklärer in der Ständegesellschaft. Bramsche 1994

Die früheren Fälle von Lisa und Johnny:
Osnabrücker Bandsalat, ISBN 3866851316
Osnabrücker Fenstersturz, ISBN 3866851421
Osnabrücker Kamikatze, ISBN 3866854676
Osnabrücker Deadlines, ISBN 3866855526

Bestellungen auch über:
facebook.com/Tina.Schick-Autorin